マルグリット・デュラス　〈声〉の幻前

マルグリット・デュラス

〈声〉の幻前

小説・映画・戯曲

森本淳生　ジル・フィリップ 編

水声社

マルグリット・デュラス　〈声〉の幻前　◉目次◉

序——〈声〉の幻前　森本淳生　13

I　**虚空と沈黙**

「夜明けの光」のセレナーデを歌うのは誰か？——『かくも長き不在』における〈声〉の幻前　森本淳生　31

声なき身体、静かなる犯罪——『イギリスの愛人』に寄せて　立木康介　55

II　**映画と〈声〉**

デュラス、〈声〉をめぐるエクリチュールの試み——声の現前と不在の間で　関末玲　89

声とまぼろしの風景
——デュラス、ストローブ＝ユイレ、ポレ、足立における移動撮影　**橋本知子**　117

III　**新たなる視角へ向けて**

どのように呼びかける〈呼ぶ〉のか
——マルグリット・デュラスにおける名前の力　**澤田直**　149

声の宛て先——デュラスとヤン・アンドレア　**ジョエル・パジェス＝パンドン**　173

デュラスは本当に声の作家だったのか？　**ジル・フィリップ**　191

跋——私、〈あなた〉、彼　**ジル・フィリップ**　217

［凡例］

本書で頻出するデュラスの作品集については、*OC* という略号を使用し、続けて巻数と頁数を示した。

Marguerite Duras, *Œuvres complètes*, édition publiée sous la direction de Gilles Philippe, 4 vol., Gallimard, « Bibliothèque de la Pléiade », 2011-2014.（たとえば、*OC3*, p. 11 は第三巻の一一頁を示す）（編者）

序――〈声〉の幻前

森本淳生

マルグリット・デュラスのテクストが〈声〉という重要かつ謎めいたものを中心にして紡がれたものであることは、今日ではよく知られている。この問題をめぐってはすでに多くの論考が書かれており、最近刊行された論文集『声の演劇』(1)が示すように、声の問題はいまもなお、デュラス研究が避けて通れぬ中核的論点である。二〇世紀フランス文学にまで視野を広げれば、近年、塚本昌則と鈴木雅雄によって『声と文学』と題した論文集が出版され、とりわけ主体から分離された〈声〉をめぐって多彩な議論が展開されている。(2)本書の目的はこうした研究を継続し深めながら、デュラスの文学について新しい論点や分析を提示することにある。

とはいえ、まず次の点には注意しておかなければならない。マルグリット・デュラスに特有の声の問題は、アカデミックな研究によって定式化し理解すれば容易に汲みつくせてしまうようなものではない。それは知的な次元だけではなく、存在の深奥にも位置しており、明晰な省察を行ったとしても何かが解決されずに残ってしまう。だからこそ、この問題の存在をつねに意識し、くり返しを恐れずにたえず問いを提起しようと試みなければならないのである。実際、たとえば、ステファヌ・マラルメのように、読みつづけなければならない作家というものが存在する。その理由は単に作品を理解するのが難しいからではなく——そうした理由は皮相であろう——それが私たちの存在のいわば無意識的な部分に関わっているからである。マルグリット・デュラスはまちがいなく、そうした作家の一人であり、ジャック・ラカンが正確に指摘したとおり[3]、彼女の文学に対して、意識的な理論化は、かりにそれが可能であったとしても、つねに遅れて到来するほかはない。

　デュラスにおける声は、きわめて曖昧な対象である。たしかに、彼女自身の声が含む独特の音色や、空白や中断によって区切られることが多い彼女のテクストが持つある種の音声的なリズム[4]は、容易に聞き分けることができる。この点は明白である。しかし、それは人格の明白な印ということになるのだろうか。たとえば、メルロ＝ポンティは『世界の散文』のなかで、声のオリジナルな性格を次のように述べて肯定している。「誰かの声を模倣すると、その人物の顔つきや、結局はその個人的なスタイルをいくらか引き受けることになる。このようにして、作家の声は私のうちに彼の思考を導き入れることになるのである。[5]」別の箇所ではアンドレ・マルローに従いつつ、次のようにも言われている。「作家が自分自身の声で語れるようになるまでに〔……〕どれほどの時間が必要であろう。[6]」哲学的に言えば、ここで問題になっているのは、ジャック・デリダが強調したある種の二分法ということになるだろう。つまり、声の審級を通して実現される自我の直接的な現れと、消し去ることのできない外部性によって本質的に特徴づけられるエクリチュールである。

しかしながら、問題はそれほど単純ではない。デュラス的な声は充実した内面を表現するというよりは、むしろどこからとも知れぬ場所から到来し、日常性には還元不可能な空間を出現させる、非人称的な、あるいは、匿名の声を思わせるからである。それは、モーリス・ブランショの書物のタイトルを借りて言うならば、「他処からやって来た声」であるが、しかし逆説的なことに、それはまたデュラスという作家の忘れがたいオリジナリティを保持した声でもある。しかも、こうした同一性と他者性の相互浸透に加えて、そこには音声性と書記性――声と文字――が密接に絡みあうというパラドクスも見られる。つまり、デュラスがエクリチュールにおいて表現しようと努めたのは、執筆行為において彼女の「人格」を「通過」しながら響く声だった、というのである[7]。あるインタビューのなかでは次のように言われている。「私が表現しようと試みるのは、書くときに私が聞くものなのです。つまり、私がいつも、内的朗読の声〔la voix de la lecture intérieure〕と呼んできたものです[8]。」

しかし、こうした声の非人称性はたしかに最も本質的な特徴のひとつにはちがいないが、それを強調しすぎてしまうと、デュラスの文学が示すより豊穣な音声的世界を貧しいものにしてしまうであろうし、その発展の過程で試みられたさまざまな試行錯誤の跡を無視してしまうことにもなるだろう。たとえば、会話は『タルキニアの小馬』、『モデラート・カンタービレ』、『辻公園』といった初期小説で中心的な役割を演じている（『辻公園』が数年後に演劇作品として改作できたのは、そうした会話的性格によるところが多かったはずである）。登場人物の独特の声も忘れることができない。たとえば、ラホールの副領事の「息の鳴る声[9]〔la voix sifflante〕」や「うつろな声[10]〔la voix blanche〕」である。歌もまた効果的に用いられている。『かくも長き不在』で浮浪者が口ずさむオペラのアリア、『ラホールの副領事』でサヴァナケットの女乞食が歌う歌、『ガンジスの女』で「狂人」が歌うS・タラの歌[11]、さらには『ガンジスの女』でカトリーヌ・セレールやジェラール・ドパルデューが口ずさむ「ブルー・ムーン」や、『サヴァンナ・ベイ』でエディット・ピアフが歌う「愛の言葉」などである。こうした声による表現の極限に現れるのが叫びであると言えるだろう。例えば、ロル・V・シュタイン、副領事、『愛』の旅行者はみな叫んでいる[12]。そして、この「叫び」のうちには、声とエクリチュールの関係が沈黙というかたちで現れるのである。実際、デュラスによるならば、「書くとは話さないこと、沈黙することである。それは音を立てずに叫ぶことなのである[13]。」

二〇世紀のテクノロジーもまた、デュラス文学の声の世界において重要な役割を果たしている。プルーストはすでに、語り手が祖母と電話で話す様子を通して電話の声の「亡霊〔fantôme〕」のような性格を描いていたし[14]、コクトーは『声』という戯曲において、心が離れてしまった恋人に向けて電話で絶望的な説得を試みる一人の女性を舞台にあげていた。彼らの後を受けて、デュラスは人間関係の決定的な瞬間を強調するために電話を用いている。『ラ・ミュジカ』の主人公たちは、離婚裁判が終わった後、それぞれの新しいパートナーと電話で話す。シュザンナ・アンドレールも離婚を真剣に考えはじめたときに電話で夫と話している（第三幕）。『船舶ナイト号』は「実際に会うことなく愛しあうカップルの物語」であり、「その本当の登場人物は、F自身、つまり電話に出るあの声以外の何ものでもない。」[15]『愛人ラマン』の中国人は、別れから数十年を経てパリを訪問し、語り手に電話をしてくるが、彼女には彼の声がすぐに分かったという。[16]『苦悩』の冒頭では、ナチスの強制収容所から帰還した夫が語り手に電話をかけてくる場面が想像されている。[17]そして最後に、ヤン・アンドレアが初めてデュラスのもとを訪れる直前の段階で物語の中心に据えられるのも、やはり彼の「電話の声」であった。この晩年の若きパートナーの声、「信じられないほど優しく、よそよそしく、威嚇的」な声は、「十二年後」になってもなおデュラスの耳に残っているものだったという。[18]

二〇世紀の別のテクノロジーである録音装置もまた姿を見せている。『語る女たち』と『愛と死、そして生活』の大部分は録音された会話をもとに成立したものである。『ヴィオルヌの犯罪〔イギリスの愛人〕』は、主人公のクレール・ランヌによる殺人の告白と関係者の事情聴取の録音をもとにして作られた、という設定である。[19]『船舶ナイト号』も、その序文によるならば、「ゴブランの若い男J・M」という主人公が録音装置を前にして語った話がもとになっているとされる。[20]電話と録音装置というこのふたつの技術は、声の切迫性を維持しながらも、同時に、声を媒介されたものとすることで、そこにある種の外部性を導入する手段として機能していると言えよう。

二〇世紀のもうひとつのテクノロジーである映画に関して言えば、デュラスの作品において「オフの声」が決定的に重要な位置を占めていることは、あらためて言うまでもない。『ガンジスの女』（一九七三）と『インディア・ソング』（一九七五）から、『トラック』、『船舶ナイト号』、『セザレ』、『オーレリア・シュタイナー』などを経て、一九八一年の『アガタ』と『太平洋の男』へといたる一群の映画である。音響イメージは映像イメージから分離され、極端な場合、オフの声が語ることと画面で生じることはまったく無関係になる。だが、この音と映像の分離、あるいは声と身体の分離によって、観客は、単なる視覚映像には還元できないことを逆説的にも見ることができるようになるのである。こうした声の現実を越えた視覚機能《ヴィジオネール》[21]は、電話を通してしか愛しあうことのできないカップルが登場する『船舶ナイト号』や、デュラスがジェラール・ドパルデューに対して存在しうるかもしれぬ映画について語りながら、画面に映る映像は決してそれを具体化することがない『トラック』において、最もよく表されているだろう。極端な場合には『太平洋の男』のように、黒い画面だけが現れて、デュラスがヤン・アンドレアに向けて語るオフの声だけがそこに響くことになる。『マルグリット・デュラスの世界〔場所〕』には『ガンジスの女』や『インディア・ソング』に現れる複数のオフの声に関する叙述がある。「諸々の声、それはいたるところで私に語りかける。」興味深いのは、この複数の声に対するデュラス自身の解釈が大きく揺れていることである。一方では次のような説明が試みられる。いわく、人は普通書くときに「集中する」と言うが、自分は「極端な注意散漫状態」にあり、自分が「笊《ざる》」、「頭に穴の開いた」存在だと感じる、自分が書いているものは「他処から」来たものがあり、「書いているとき、私は一人ではない」。つまり、書く営みは、こうした「外部から到来する」さまざまな声を聞くことだというのである。しかし、数ページ後では、問題は「外部の声」ではなく、作家とならなかった場合の「私」、もっと理解力がある場合の「私」、レズビアンであった場合の「私」、死んでしまった場合の「私」等々を表す、複数の「私」の声なのだとデュラスは述べる。そして重要なのは、こうした自己の内なる「複数性」を押し殺して自分の「貧弱な声」としてしまわずに、それをいわば「横溢させる」ことなのだという[22]。このように揺れる解釈のどちらが正しいかを決めることには意味などないだろう。内部性と外部性、同一性と他者性が交錯する領域こそ、デュラスにとっての声とエクリチュールの場であった。

したがって、最後のパラドクスになるが、オフの声が象徴する脱身体化された声はそれでも具体的な声によって引き受けられる必要があり、そうした機能を最もよく果たすことができた人間は、まちがいなくデュラスその人にほかならなかった。比較的最近の印象的な例をひとつだけ挙げておきたい。デュラスは、マリン・カルミッツが一九六四年に発表した映画『カルカッタ黒い夜〔*Nuit noire Calcutta*〕』のシナリオを書いており、それは後の『ラホールの副領事』を予想させるテクストであるが[23]、オリジナル版ではオフの声による「内的コメンタリー」は俳優のモーリス・ガレルによって読み上げられていた。しかしその後、二〇〇二年になって発表されたデュラス自身がオフの声を担当するヴァージョン[24]を聞くと、オリジナルとのちがいはきわめて印象的であり、デュラスの声が持つ強い喚起力がすぐに理解できるのである。ここで問題になっているのは、言うならば、脱身体化されたものをふたたび身体化すること、抽象的なものを具象化することである。デュラスは『サヴァンナ・ベイ』の上演で女優マドレーヌ・ルノーが「言葉を発する」やり方を賞賛しているが、そこで主張されているのもこうした問題の重要性である。マドレーヌは「抽象的な」――つまり、通常の「演劇的シチュエーション」からは引きはがされてしまった――言葉のなかに「語の肉体」を見出すことができる。作品の象徴であるあの「白い岩」は「マドレーヌにあっては概念になると同時に、新鮮で斬新なものになる」というのである。(25)

本書で「幻前する声」と呼ばれているのは、まさにこのようなものである。亡霊を見たと思ったとき、恐怖とは言わないにせよ強烈な印象を抱くことになるのは、それが純然たる幻覚などではなく、単なる日常性には還元できない何らかの現実性がそこに含まれているからであろう。デュラス文学が狙いを定めるのは、まさにそうした中間的な領域、具体と抽象、身体と精神、現前と不在、さらには生と死の間をたゆたう領域にほかならない。それは、科学技術の進展と哲学的省察の深化を通じて二〇世紀後半に顕著になった「人間の終焉」に対する独自の応答の企てとしても捉えることができる。エクリチュールによって、また、電話・録音装置・映画といったテクノロジーによって、文学のいわば古典的な担い手であった〈声〉は脱身体化されていった。しかし、デュラスは、まさにこうした非人称化のプロセスを通して、文学テクストのなかで〈声〉に新たな種類の具体性――言うならば抽象化された身体性――を与えようとした。以下に収められた論考は、こうした幻のように現れる〈声〉の幻前を通して、マルグリット・デュラスの小説・映画・戯曲を再考する試みである。

本書は、デュラスの軌跡を時代的に緩やかに辿りながら、次の三つの課題を中心に議論を展開している。

第I部「虚空と沈黙」は、ラカンの思想を導きに、デュラスにおける〈声〉が、人格的存在に還元されることなく、それを越えた次元で主体の欠如と関わり、〈現実界〉へと通じるものであることを示す。

たとえば、『かくも長き不在』（一九六一）で響くオペラのアリアは、もちろんとりあえずは浮浪者が口ずさむものであるが、夫の帰りを待つテレーズがそれに魅了された理由はおそらく、アリアが記憶を失った浮浪者の空虚な頭のなかで響く非人称的な何かであったからである。ここでは、愛する者――妻と夫――のイマジネールな二者関係は、ある空虚によって亀裂を入れられ、やがて『ロル・V・シュタインの歓喜』（一九六四）で典型的に描かれるような三者関係へと変化している。一九六一年というかなり早い段階でこれらのテーマが現れたことは、デュラス文学の画期のひとつとして注目に値するだろう。

次に取りあげられるのは『イギリスの愛人〔ヴィオルヌの犯罪〕』（小説版・一九六七／戯曲版・一九六八）である。立木康介は、この作品でクレールが従妹マリー＝テレーズを殺し遺体を切り刻んだ理由を分析しながら、ファルスの言語体制の外部で成立する女性の享楽について考察している。

聾唖者である従妹の沈黙——声の不在——は、母と娘の間のファルスを媒介としない食人的同化をめぐるクレールの無意識的な記憶を呼び覚まし、遺体切断の行為を引き起こす。このことの理路はいかなるものであったのか——論文はそのきわめてスリリングな読解の試みである。

第Ⅱ部「映画と〈声〉」では、デュラスの映画作品において〈声〉が多様なかたちをとりながら、どのような問題系を作りだしているのかを再検討する。

関末玲は、デュラスにおける「映像の映画」と「声の映画」の分離を確認し、ゴダール、ドゥルーズ、シクスーらの批評的言説を検討した上で、一九七〇年代以降顕著になったテクストと映画とを横断的に行き来するデュラスの実践について目を配りつつ、優れて声の映画である『船舶ナイト号』(一九七八)を取りあげて、そこに記憶と忘却の相克を読み取っている。記憶を語る声の現前性は、それを物語として書き留めるエクリチュールを通して忘却の危険を自覚し〈幻前性〉へと昇華するのである。

橋本知子は『トラック』(一九七七)を詳細に分析し、この作品を「音と映像の分離」と「移動撮影」という観点から、ストローブ/ユイレの『早すぎる、遅すぎる』(一九八一)、ジャン=ダニエル・ポレの『地中海』(一九六三)、足立正生の『略称・連続射殺魔』(一九六九)と照応させる。これらの作品においては、切り返しショットのない主観カメラ(ファントム・ライド)の写し出す画面が、視線の主体をあたかも幽霊のような存在へと変じ、誰のものか定かならぬオフの声がその効果を一層高める。デュラスの一見孤高な映画的試みは場所も時間も越えて他の作品と強く共振するものでもあった。

第Ⅲ部「新たなる視角へ向けて」は、すでに多くが論じられてきた〈声〉の問題に関して、その設定のあり方自体を問い直す試みである。

澤田直は、ロル・V・シュタインやアンヌ＝マリー・ストレッテル等、デュラス作品に現れる名前がきわめて特徴的でありながら、血肉を備えた人物を想像させず、むしろ「奇妙な浮遊性、幽霊のようなあり方」を思わせることを指摘した上で、作品毎に微細な差異を加えられていく人名や地名は独特の「重ね合わせの原理」によって、可能性の世界に属する何かを「召喚」するのだと述べる。無人の情景にオフの声が響く『ヴェネツィア時代の彼女の名前』（一九七六）や『セザレ』（一九七九）、さらには『オーレリア・シュタイナー』（一九七九）の検討を通じて明らかにされるのは、「自己の名づけ」と「他者への呼びかけ」というデュラス文学の基底をなすふたつの営みである。

この「名づけ」と「呼びかけ」の問題は、ジョエル・パジェス＝パンドンが示しているとおり、デュラス晩年の制作場面のなかに具体的に現れることになる。一九八〇年夏、彼女は大きく年齢の異なる同性愛の若者ヤン・ルメを「ヤン・アンドレア」と名づけて作品に登場させるとともに、彼を口述筆記の秘書として、つまり彼に宛てて声を発することで、作品を書くようにもなった。近年発見されたラッシュと草稿をもとに刊行された『語られた書物』が示しているように、『アガタ』（一九八一）をはじめとするいわゆる「大西洋連作」におけるこの「他者に宛てられた声」は、インドシナで過ごした幼年時代と次兄ポールとの近親相姦的欲望を「幻前」させるものであった。

最後にジル・フィリップは、文体論的な分析を通して、あまりにも単純なかたちで自明視されてきたデュラス文学と〈声〉の関係をあらためて問い直す。デュラスは本当に声の作家だったのか。「声」という語の作品毎の出現頻度を調べても、彼女がとりわけ「声」を偏愛したとも、また、そこに何らかの発展の軌跡があるとも証明することはできない。とはいえ、一九五〇年頃を境としてフランス文学で前景化する「音声的エクリチュール」をデュラスもまた実践したことは明らかであるように見える。しかしじつは、デュラスには個人の情動と感情の基体となるような声に対するある種の「違和感」があり、これが彼女をして演劇から映画へと、そして晩年にあらためて映画から散文へと移行させた理由だったとフィリップは論じる。デュラス文学は、こうした声への違和感にいわば駆り立てられるようにして展開したのである。

*

本書は、二〇一八年一二月一日に京都大学人文科学研究所「人文研アカデミー」の一環として、科学研究費補助金（「一九七〇年代以後の人文学ならびに芸術における語りの形式についての領域横断的研究」）、日本学術振興会・外国人招へい研究者（短期）プログラム、京都大学人文科学研究所共同利用・共同研究拠点・国際学術研究集会助成の援助を受け、アンスティチュ・フランセ関西―京都・稲畑ホールで開催された日仏国際シンポジウム「マルグリット・デュラス　声の〈幻前〉

——小説・戯曲・映画」の成果論文集である。刊行にあたっては、二〇一九年度京都大学総長裁量経費（「文芸理融合のための人的プラットフォーム形成」）の助成を受けた。なお、本書のフランス語版は人文科学研究所欧文紀要『Zinbun』（第五〇号）に掲載されている。あわせてご覧いただけると幸いである。

シンポジウムは、登壇者六名に加え、全体討議にはおりから来日中であったジョエル・パジェス＝パンドンさんにもご参加をいただき、多数の来聴者を得て盛会のうちに終えることができた。パジェス＝パンドンさんはさらに「他者に宛てられた声」に関する興味深い論考を本書にお寄せくださった。また、岩永大気さんには翻訳を、橋本知子さんには編集の一部をご担当いただいた。記して感謝申しあげる。ジャン・マスコロ氏には未発表の写真を、シンポジウムのチラシにつづき、本書表紙に使用することをご快諾いただいた。最後になるが、出版を引き受けてくださった水声社編集部の井戸亮さんにもお礼を申しあげたい。

【注】

（1）*Marguerite Duras. Un théâtre de voix*, sous la direction de Mary Noonan et Joëlle Pagès-Pindon, Brill / Rodopi, 2018.

（2）塚本昌則・鈴木雅雄編『声と文学——拡張する身体の誘惑』、平凡社、二〇一七年。

（3）「精神分析家が自分のポジションに関して主張しうる唯一の利点は〔……〕、彼の分野においては、芸術家はつねに彼に先んずる存在であること、したがって、芸術家が彼に対して道を切り開くところにおいて心理学者を演じる必要などないことを、フロイトとともに思い出せる点にある。／これこそまさに、私がロル・V・シュタインの歓喜のうちに認めるものである。そこではマルグリット・デュラスが、私の教えることを私なしで知っていることが明らかになっているのだ。」(Jacques Lacan, « Hommage fait à Marguerite Duras, du ravissement de Lol. V. Stein » [1965], in *Autres écrits*, Seuil, 2001, p. 192-193)

（4） ジョエル・パジェル＝パンドンは『ヒロシマ・モナムール』（*OC*2, p. 8, 16）と『アガタ』に見られる「レシタティーヴォ」的性格について指摘している。次を参照のこと。*Marguerite Duras. La voix du ravissement*, L'arbre à paroles, 2015, p. 7. Joëlle Pagès-Pindon, « Genèse de la voix adressée dans *Agatha*. Du dialogue au récitatif », *Marguerite Duras. Un théâtre de voix*, *op. cit.*, p. 10-12.

（5） Maurice Merleau-Ponty, *La prose du monde*, texte établi et présenté par Claude Lefort, Gallimard, « Tel », 1992, p. 19.

（6） *Ibid.*, p. 79-80.

（7） *OC*3, p. 11.

（8） « La voie du gai désespoir, entretien avec Claire Deverrieux », *Le Monde*, 16 juin 1977 ; in *Le Dernier des métiers. Entretiens (1962-1991)*, édition établie et post-facée par Sophie Bogaert, Seuil, 2016, p. 208.『アガタ』についてもまた声とエクリチュールの密接な絡みあいが指摘されている。「私は書かれたものと私の声について語りたいのです。私の声、あなたは読むときにそれを聞かれるにちがいありません。」（« Interview du 12 avril à Montréal et du 18 juin 1981 à Paris par Suzanne Lamy », *Marguerite Duras à Montréal*, textes réunis et présentés par Suzanne Lamy et André Roy, Les Éditions Spirale et Les Éditions Solin, 1984, p. 57）

（9） *OC*2, p. 580, 585, 616, 633, etc.

（10） *OC*2, p. 602.

（11） *OC*2, p. 1508.

（12） *OC*2, p. 293, 621-622, 1271.

（13）　Marguerite Duras, *Écrire*, *OC4*, p. 852. このようなエクリチュールと叫びの関係はジョエル・パジェス＝パンドンによって「書かれたもの《レクリ》、叫び《ル・クリ》〔L'écrit, le cri〕」という定式にまとめられている（*Marguerite Duras. La voix du ravissement, op. cit.*, p. 13）。次の文献も参照のこと。Madeleine Borgomano, « Duras : Les voix du silence », *Cahiers de Narratologie* [En ligne],10.1 | 2001, mis en ligne le 24 octobre 2014, consulté le 13 octobre 2017. URL : http://narratologie.revues.org/6945

（14）　Marcel Proust, *Le Côté de Guermantes*, in *À la recherche du temps perdu*, édition sous la direction de Jean-Yves Tadié, Gallimard, « Bibliothèque de la Pléiade », t. II, 1988, p. 434. 語り手は通話が切れてしまった祖母に向かって、オルフェウスが地獄でエウリディーチェを呼ぶように、「お祖母さん、お祖母さん」と叫ぶ。

（15）　Midori Ogawa, « La voix désincarnée du *Navire Night* de Marguerite Duras », in *Duras 1 Les récits des différences sexuelles*, dir. Bernard Alazet et Mireille Calle-Gruber, Paris-Caen, Lettres modernes Minard, 2005, p. 96, 104.

（16）　*OC3*, p. 1524.

（17）　*OC4*, p. 7.

（18）　*OC4*, p. 778 et note 8 ; p. 783.

（19）　*OC2*, p. 667.

（20）　*OC3*, p. 449.

（21）　Cf. Michel Collot, « D'une voix qui donne à voir. Un poème cinématographique de Marguerite Duras : *Le Navire Night* », in *Marguerite Duras, La tentation du poétique*, dir. Benard Alazet et des autres, Presses Sorbonne nouvelle, 2002, p. 55-70. Sylvie Loignon, « " Je-voix ", la figure du voyant », *ibid.*, p. 45-54.

（22）　*OC3*, p. 241, 244.『かくも長き不在』の浮浪者は「頭に穴のあいた男」であった（第一章、三八頁）。

（23）　*OC2*, p. 1727.

（24）　Marin Karmitz, *Nuit noire Calcutta, 7 jours ailleurs, Camarades, Coup pour coup*, MK2 Éditions, 2003.

（25）　Marguerite Duras, « La Chair des mots » (*Autrement*, mai 1985), *OC3*, p. 1249.

Ⅰ　虚空と沈黙

「夜明けの光」のセレナーデを歌うのは誰か？

——『かくも長き不在』における〈声〉の幻前

森本淳生

浮浪者とアリア

デュラスがジェラール・ジャルロと共同でシナリオを執筆し、アンリ・コルピにより一九六一年に映画化された『かくも長き不在』は佳作でありながら、これまで必ずしも詳細な分析の対象とはされてこなかった[1]。しかし、みずからの文学をめぐって試行錯誤をくり返していた一九四〇—五〇年代から特有の作品世界を構築しえた六〇—七〇年代へと到る作家の歩みにおいて、『かくも長き不在』はひとつの転換点をなしているように思われる。本論では前後の作品を参照しながら、デュラス文学におけるこのシナリオ作品の位置をあらためて見定めることを試みたい。その際、考察の最も重要な手がかりとなるのが〈声〉の問題、とりわけ作品に現れるオペラのアリアである。

ナチスの収容所で消息を絶った夫を持つカフェの女経営者テレーズが「十六年[2]」という「長き不在」の後、店の前を通った浮浪者に夫の姿を認めるというストーリーはよく知られている。映画でも印象的なように、この浮浪者は記憶喪失でありながらも、いくつかのアリアを好んで口ずさみ、テレーズや人々の注意を引く。とりわけロッシーニのオペラ『セヴィリアの理髪師』の「夜明けの光」のセレナーデ[3]がお気に入りであるが、同じオペラの「中傷」のアリア[4]やドニゼッティの『ランメルモールのルチア』のアリア[5]も歌う。テレーズはカフェのジュークボックスのレコードをオペラに変え、「中傷」のアリアをかけて店の前を通る浮浪者の注意を引こうとする。ふたりがその前にならんで座って「夜明けの光」を聞く場面は忘れがたい[6]。しかし、これらのアリアは、いわばトレードマークのように浮浪者を指し示す特権的な記号であり、またふたりの仲を取り持つものであるにも関わらず、きわめて奇妙なことに、行方不明の夫アルベール・ラングロワとはじつはまったく関係がない。なぜなら、アルベールはオペラなど知らなかったからである[7]。ではなぜ、テレーズはアリアを歌う浮浪者に夫の姿を認めたと思ったのか。そのとき彼女のうちに起こったのはいったいどのようなことだったのか。本論の基本的な関心はそこにある。

しかし本題に入る前にまず、『セヴィリアの理髪師』でアルマヴィーヴァ伯爵が歌う「夜明けの光」のセレナーデについて簡単に確認しておこう。これは作品冒頭で伯爵が恋するロジーナに向けて歌う有名なアリアである（ロジーナが最後に伯爵とめでたく結婚し、『フィガロの結婚』では伯爵夫人として登場することはよく知られている）。東の空に光が差したのを見て、伯爵は、ロジーナが目覚めてバルコニーに姿を見せてくれることを願う。日の出と愛する女性の登場とが、そして夜明けと愛の成就の希望とが重ねられているわけである。『かくも長き不在』の映画版では、冒頭の夜明けのシーンで姿を現すときや、正午にカフェの前を通るときに、ジョルジュ・ウィルソン演じる浮浪者が冒頭の一行「夜明けの光〔Des rayons de l'aurore〕」をフランス語で歌っている。[8]もっとも彼が覚えているのはこの最初の部分だけのようで、後はラララ……とメロディを口ずさむだけである。ジュークボックスの前にテレーズとふたりで腰掛け、イタリア語でアリアを聴いた後、浮浪者が口ずさむのも冒頭の一行だけで、それにつづけてアリダ・ヴァリ演ずるテレーズがイタリア語で二行目を歌った後は、やはりラララ……とメロディだけになる。このセレナーデが作品のいわばライトモチーフとして選ばれたことは、その内容から言っても妥当であったように見える。東の空に兆すかすかな朝日に愛の成就を夢見るアリアは、「長き不在」という夜が明けた後に夫が戻り、夫婦の愛が回復することへの希望を表すものとして理解できるからである。[9]しかし、浮浪者は記憶喪失であり、テレーズが夫を取り戻すことはない。草稿では一時期、「夜明けの光」ではなく『トスカ』の「星は光りぬ〔Le ciel luisait d'étoiles〕」が想定されていたという。[10]教会の夜明けの鐘が聞こえてくるなか、処刑を前にカヴァラドッシが恋人トスカとの幸福な逢瀬を回想するアリアである。このあまりにも暗く悲痛な歌は『かくも長き不在』の作品世界にはそぐわなかっただろう。しかしそれでも、幸福に満ちた「夜明けの光」の背後に『トスカ』のこの悲劇的なアリアがあったこと、同じ夜明けが希望と絶望の双方に関わるものであったことは重要である。それは『かくも長き不在』における夫とおぼしき人物との再会が、愛の不可能性と死によって彩られていることを示している。

再認をめぐって――同一性と類似の不在

さて、冒頭で提起したテレーズと浮浪者の出会いの問題について考えるために、ここですこし補助線を引いてみたい。『かくも長き不在』には、女が行方の知れない愛する男を探し求めるという点で、『ジブラルタルの水夫』(一九五二)を連想させるところがある。ただ、ふたつの作品を比較すると、そこには「再認」のあり方をめぐって顕著な相違が存在することが分かる。一般に長期間にわたる音信不通の後に再会し、相手をまさにその人であると認める場合、再認は同一性と類似を通してなされる。古典的な例を挙げれば、アイスキュロスの『供養する女たち〔コエーポロイ〕』で、エレクトラがオレステスを弟と認めることができたのは、髪や足跡が自分と酷似しており、彼が自分の織った布を持っていたからであった[11]。裕福な美貌の女性アンナが「ジブラルタルの水夫」を探し求める際に手がかりにするのも、髪や目の色、背の高さ、声などの特徴である。つまり、水夫は、目は青く髪は茶色で、身長が高く、声は「かすれて〔enrhumé〕」おり、頭には傷があった[12]。

これに対して、『かくも長き不在』の浮浪者はテレーズの夫アルベールとは似ていない。アルベールのおばアリスは冷静に相違点を列挙する[13]。アルベールは黒っぽい目をしていたが、浮浪者は

「明るい〔clair〕」、「優しく空虚な」目をしている。[14] 浮浪者はアルベールより背が高いし、すでに見たように、アルベールが知らないはずのアリアを口ずさむ。テレーズはアリスに反駁するが、じつは相違を十分自覚していた。ウェイトレスのマルティーヌにカフェまで連れてこさせた浮浪者の声をカーテン越しに隠れて初めて注意して聞いたとき、彼女は夫の声と再認できず「しかめ面」をしているし、[15] カフェでふたりでロッシーニを聞き、その後に彼が同じ歌を口ずさんだ際には「顔に苦しみを押さえた表情を浮かべてとても厳粛に」それを聞く。[16] 近所の退職官吏は、「体つき」、「歩き方」、「声」が異なるのだから彼女が迷うのも無理はないとつぶやく。[17]

それでは、どのようにしてテレーズは浮浪者を夫だと思うことになったのか。彼がカフェの前を通りかかった際の出会いの場面は次のように描かれている。

　彼女は聞きなじんだ浮浪者の歌に微笑む〔……〕。
　彼はすこしばかり斜めに、しかしほぼまっすぐテレーズの方にたどり着く、イースター島の巨像のように大きい。
　画面に映る彼の姿は並はずれた巨人である。この歩く思い出にはいかなる現実も対応しない。[18]
〔……〕彼の全身につづいて、並はずれて大きくなっていく目が映る。巨大で空虚な目。[19]

すでに確認したように浮浪者の声も目も夫アルベールのものとは異なっていた。にも関わらずテレーズが「あの人だ〔C'est cet homme〕」と衝撃を受けたのは、彼の「優しく空虚な」視線のためだったという。[20] 草稿ではさらに、マルティーヌにはじめて浮浪者を呼びにやらせる前に彼の歌を聞いて、「その声」に最初の出会いと同様の「衝撃」を受けたとされている。[21] しかし、まさに声も目も夫アルベールと似ていない以上、そしてそもそも夫はオペラのアリアを歌ったりしなかった以上、この「再認」は奇妙である。というよりも、テレーズは本当に長らく不在であった人を再認したのだろうか。類似がまったく存在しないにも関わらず、彼女は夫を見分けることができたのか、それとも彼女に衝撃を与えたのは何かまったく別のものだったのだろうか。

頭に穴のあいた男——狂人の規則的な振る舞い

この問題を考えるための鍵はおそらく『かくも長き不在』をのちの作品と比較することである。記憶喪失の浮浪者という形象と彼の規則的な振る舞いは、その導きの糸となるだろう。浮浪者がこの作品のテーマになったのは、もちろんデュラスの着想元となった新聞記事[22]に由来する。もうひとつ確認しておけば、浮浪者といっても、それはデュラスの初期作品で描かれた、抑圧された貧しい人々に連なる存在とは微妙に異なる。植民地政府にいわば騙されるかたちで海水が浸食する払い下げ地を購入させられた『太平洋の防波堤』(一九五〇)の母親や『辻公園』(一九五五)で会話を交わす貧しい若い女中としがない行商セールスマン、あるいは住人たちのゴミ片付けに追われる『木立ちの中の日々』（一九五四）のドダン夫人といった人々ではなく、『かくも長き不在』の浮浪者は、記憶喪失とたえざる彷徨という点で、『ラホールの副領事』（一九六六）の女乞食、あるいは、『愛』（一九七一）や『ガンジスの女』（一九七三）の狂人「歩く男」へと通じているように思われる。

これらの人物の特徴は、規則的だが意味が不明な行動を行うことにある。『かくも長き不在』の浮浪者は身ぎれいにしている男であり、楽しみで集めている新聞・雑誌に関する独特の規則を持っている。つまり、それらを束ねる「二十五の結び目」はナイフで切ってはならないし、雑誌は、上半分と下半分の数が同じで、上面も下面も最後のページが見えるようになっていなければならず、まちがいに気づくと紐の結び目をほどいてやりなおすほどである。「彼はこの活動を労働者のように実践した。唯一のちがいは、この活動の目的が我々には分からないということである。[23]」しかし、後続する作品との関連で興味深いのは、彼が規則的に街を行き来する事実である。マルティーヌとテレーズは彼が朝と昼の同じ時間にカフェの前を歌いながら通ることを知っている。[24]『愛』の狂人の男――『ロル・V・シュタインの歓喜』のジャック・ホールドの後の姿――はS・タラの海岸を毎日規則的に歩く。女（ロル）はその後を追っていく。「彼の歩く道のりはかなり長く、つねに同じである。」「彼が歩き始めると、その歩みは規則的である。〔……〕こうして毎日、ふたりはS・タラの砂浜に広がる空間を踏破しているのだろう。[25]」

意味が消えた後に身体の規則的な動きだけが残る――いわばゾンビ的な――世界。『かくも長き不在』の浮浪者が、おそらくナチスの兵士から受けた頭部への打撃によって記憶を失った結果、いまでどのような存在と化してしまったかを、テクストは次のように印象的に描いている。テレーズが夕食に招いた浮浪者とダンスを踊る場面である。

浮浪者は、奥の部屋の壁に掛かっている黒縁の小さな鏡に背を向けている。この鏡のなかにテレーズは傷跡を見る。彼は、頭に穴のあいた男なのである。爆撃を受け、いまだ立ってはいるが修復不能なまでに破壊されてしまった家のように。とはいえ、彼はまだ生きているという幻想を完璧に与える。だが、そもそも彼は自分に傷跡があることを知っているのだろうか。テレーズは鏡に映った傷を前にして微動だにしない。彼女は踊るのをやめる。すると浮浪者はこの中断に驚く。彼は振り向いてテレーズが眺めているものを眺めようとする。だが鏡のなかに彼が見るのは彼の顔である(26)。

記憶喪失者の肉体がダンスを記憶しているというテーマは、『愛』やその世界をひきついだ『ガンジスの女』にも現れている。『ガンジスの女』の歩く狂人も記憶を失った存在である。彼はホテルのホールで、昔日の舞踏会――ロルが婚約者を奪われた舞踏会であろうか？――を思い出したかのように踊り始める。

〈狂人〉、なかが虚ろなかたちとなった〈狂人〉のうちを、みなの記憶が横切っていく。ここでは壁のうちにしみこんでいるあらゆることの記憶、それが横切る笊《ざる》となった頭。

動物的身体の方は、『ブルー・ムーン』の最初の小節が聞こえると踊りはじめる。

頭は歌い、歌いつつ進む。身体は踊り、歌う頭についていく。〈狂人〉は腕のなかに想像上の女性を抱いている。[27]

彼は「言葉のざわめきが横切っていく中空の形態」にすぎない。テクストはこれにつづけて、「戦争中に爆撃された市営カジノの残骸」である「一群の黒い木の柱」のイメージを喚起する。[28]たしかに『かくも長き不在』のように、人物の隠喩として爆撃された建物が言及されているわけではないが、このイメージが狂人を間接的に示すものであることはまちがいない。

このように見てくると、『かくも長き不在』において頭の傷跡が何を意味していたかがはっきりとする。すでに見たように、『ジブラルタルの水夫』では、頭の傷跡は「水夫」の具体的な特徴であり、彼の存在を指し示す記号として機能していた。この傷は、彼が殺すことになる金持ちのロールスロイスと接触したときにできたものであり、普段は髪に隠れて見えないからこそ、親しく愛した女だけがその存在を知るようなものだった。[29]たしかに「水夫」はアンナが想像で創り出した存在にすぎないのかもしれないし、[30]彼が実在するのかはつねに曖昧だが、それでもこうした頭の傷跡はやはり――想像上ではあれ――「水夫」の具体的な特徴であり、男女の特別な絆の象徴だった。これに対して『かくも長き不在』においては、頭の傷跡は夫アルベールの記号ではない。テレーズは夫がそのような傷を受けていたのか、そもそも知らないのである。頭の傷跡は記憶の不在を示す記号であり、たとえ浮浪者がアルベールであったとしても記憶の回復が絶望的である以上、夫ともはや永遠に再会できぬことの象徴でもある。それは具体的な特徴として何らかの実在を指示するのではなく、欠如を示す記号、あるいは何ものも指し示さぬ記号である。

こうした欠如の記号が『かくも長き不在』ではっきりと現れたことは、デュラスの文学的展開を考える上できわめて重要であるように思われる。そしてこれはまた、眼差しと声を通して、夫と類似するところがない浮浪者にテレーズが夫を認めたと思ったとき、彼女が本当のところ何に出会っていたのかを考える手がかりにもなるだろう。

まず浮浪者の「明るい」「優しく空虚」な視線[31]に関して言えば、それは『愛』の歩く狂人の虚ろな青い目へと直接につながっている。「彼の目はびっくりするほど透明な青である。視線はまったく不在である。[32]」『語る女たち』では「青い目」は他人の「視線にとっかかりを与えない」、「青い目には視線がない。穴なのよ」と言われている。[33] こうしたイメージ連関を踏まえると、浮浪者の歌は、さきほどの引用にあった狂人の歌[34]につらなるものと言えるのではないだろうか。どちらの場合も、記憶が抜け落ちた空虚な頭のなかで歌が響く。肉体は踊りの身体的記憶は保持していて、歌にあわせて踊ることはできる。この身体的記憶は、浮浪者の規則的な行動――時間割通りの生活、新聞雑誌の紐による繊細な束ね方――を支えるものである。しかし、そこには「頭」が担うべき「意味」がない。爆撃され骨組みだけとなった建物のように、肉体は生きているが、いわば頭脳は欠落している。ひとことで言えば、浮浪者のアリアとは、頭の傷跡と同じく、欠如を示す記号なのである。

三者関係

浮浪者がそのような虚ろな存在であるとするなら、テレーズは彼との遭遇を通して、一体、誰に、あるいは、何に出会ったのか。すでに確認したように、彼女は浮浪者が夫アルベールと似ていないことを自覚していた。とはいえ、『かくも長き不在』は、浮浪者のアイデンティティに関して両義的である。アリスや退職官吏にとっては浮浪者はあきらかにアルベールではないし、テレーズもまた浮浪者が夫に似ていないことに気づいているが、それでも、記憶が戻る可能性がまったくないのかと絶望的に彼に問いただすとき[35]、彼を夫であると信じているように見える。それは、とりあえずは、アリスが言うように、テレーズが相手を「恋愛の目[36]」で見ているから、それがテレーズの目を曇らせ、似ていない浮浪者に夫の姿を見させているから、ということなのであろう。しかしそうだとしても、夫と浮浪者の間にいかなる類似点もない、というこの作品の設定には奇妙なものがある。それは、「愛は盲目」といった陳腐なテーマを強調するためのものなのだろうか。

私の仮説は次のようなものである。『かくも長き不在』において、浮浪者とアルベールの間に同一性や類似が見られないことは、浮浪者を夫婦（テレーズとアルベール）とは別の第三の存在として保つことを可能にしている。それは、ラカンが『ロル・V・シュタインの歓喜』を論じつつ指摘した「三人であること(37)〔être à trois〕」にも似た、三者関係を生みだす。言いかえるなら、テレーズは、浮浪者との衝撃的な出会いの後、つねにこの夫には似ていない男を通して、夫への愛と記憶を生きることを強いられるのである。テレーズは一緒に夏のバカンスに出かけるという約束を反故にして恋人ピエールとの至極穏当な二者的恋愛関係を破綻させてしまうばかりではない。夫アルベールとの二者的な夫婦関係の思い出すら、彼女には不可能になってしまうのである。テレーズが夫の記憶と向きあうのは、記憶をなくし社会の底辺に埋もれてしまった浮浪者、爆撃で吹き飛ばされたように空虚な頭しか持たぬ男を通してでしかない。

たしかに、ここに見られる三者関係は、『ロル・V・シュタインの歓喜』とはいささか異なるものである。主人公のロルは、自分の婚約者マイケル・リチャードソンをアンヌ＝マリー・ストレッテルに奪われ、のちには、ライ麦畑からジャック・ホールドとタチアナ・カルルが密会するホテルの窓を眺める。フランス語の ravissement が持つふたつの意味——略奪と歓喜——に沿うように、彼女は自分が恋人を奪われた存在になることによって喜びを得る。そこでは、三者関係は男性一人と女性二人からなり、ロルは他の二者が構成する関係からつねに排除される位置にいる。これに対して、『かくも長き不在』ではテレーズが二者関係から排除されるわけではなく、浮浪者という第三項が、テレーズと夫アルベールとの間に介在し、ナルシシックな二者関係を不可能にしてしまうのである。彼女は夫に対して、つねに浮浪者を媒介とすることでしか愛を向けることができない。彼女の愛は、この空虚な頭を通過することを余儀なくされることで、二者関係を構成する一項としての夫ではなく、夫の絶対的な不在へと送られることになる。

　これがおそらく、先ほど見たダンスの場面において「鏡」が持っていたもうひとつの意味なのだろう。テレーズは、浮浪者の後頭部の傷が鏡に映ると、驚いてそれを見る、しかし浮浪者が振り向いても自分の顔しか鏡には映っていない――このシーンは、テクストの叙述に沿って理解するならば、浮浪者が自分の傷の存在を自覚していないことを示すものだった。しかし、ラカンが言うように[38]、鏡がすぐれてナルシシックな装置として、一般的な二者関係を示すものであるとすれば、つまり、鏡が、見つめあう愛するふたりが結局は相手のうちに自己の欲望しか見ていないことを示す特権的な象徴であるとすれば、この忘れがたいシーンはまさにそうした二者関係を否定するものとして読むことができる。テレーズは鏡のなかに愛する対象ではなく、傷跡を見る。彼女の夫への愛は鏡像的な二者関係を構成せず、浮浪者の後頭部の傷が象徴する欠如へと向かうのである。こうした事態は、先に確認したように異なる三者関係においてではあるが、『ロル・V・シュタインの歓喜』においても強調されている。ロルがライ麦畑からジャック・ホールドとタチアナ・カルルが密会するホテルの窓を眺める場面は、次のように説明されていた。

　われわれ三人は一時間はそこにいて、二人が交互に窓枠のなかに現れるのを彼女が見ていたようで、何も映さないその鏡を前にして、彼女はうっとりとしてわが身が希望通り閉め出されていることを痛感したにちがいなかった。[39]

こうした「何も映さない鏡」としての窓を見て、ロルは自分の愛が決してナルシシックな二者関係へと回収されず、つねにその対象が奪われてあるような事態へと向かうこと、彼女の愛はそのような状態でしか存在しないことを理解する。このように考えると、『かくも長き不在』の冒頭で指摘されているシナリオと映画のちがいはとても興味深い。序言によれば、夕食に招待された浮浪者がテレーズに雑誌の切り抜きをプレゼントする映画のシーンは、作品の「深い意味と本質的な矛盾」をなしている、というのである[40]。シナリオの浮浪者は、映画のジョルジュ・ウィルソンがときに臆病な好意を示すのとは異なり、テレーズの好意に応えるような存在ではない。彼はたしかに相手が笑えば自分も笑うという意味で「鏡」のような存在であるが[41]、この「鏡」はナルシシックな二者関係の鏡ではなく、身体のある種の自動的な反応を示すものにすぎない。

テレーズの愛は本質的に三者関係のうちにある。ただ、『かくも長き不在』はこうしたきわめてデュラス的な愛の世界において、独特の位置にあるように見えることも確かである。一般にデュラスの文学は、二者関係を破壊しその外部に出る試みを描くものであることが多い。『ロル・V・シュタインの歓喜』におけるロルの位置はその典型であり、他の作品にも例を見出すことは容易である。たしかに、『タルキニアの小馬』（一九五三）のサラがモーターボートの男ジャンとの出会いをきっかけに考える脱出は未遂におわり、彼女は夫ジャックのもとにとどまるように見えるが、『モデラート・カンタービレ』（一九五八）のアンヌ・デバレードは、殺人事件で聞いた叫びや労働者の男ショーヴァンとの出会い、アルコールなどを力として、自分が属するブルジョア家庭から脱出しようと絶望的な企てを試みるし、『シュザンナ・アンドレール』（一九六八）や『バクスター、ヴェラ・バクスター』（一九七六）でもシュザンナ／ヴェラは愛人ミシェルとの関係を通してブルジョア的夫婦関係からの離脱を模索する。『破壊しに、と彼女は言う』（一九六九）のエリザベートが夫との食事で激しい吐き気を覚えるのも、自分が属するブルジョア世界への無意識な拒絶感の現れであり、同じような嘔吐はすでにアンヌ・デバレードが示していたものでもあった。[42]『ラ・ミュジカ』（一九六五）はこの拒絶をさらに別のかたちで表現する。ミシェルとアンヌ＝マリーは、離婚訴訟が終わり別れが決定的になった瞬間に、それまでとは別の――いわば不可能な――愛のかたちを認識するのである。[43]これに対して『かくも長き不在』は独特の位置を占める。というのも、そこでは二者関係の外部に脱出することが問題ではなく、夫婦関係のうちに浮浪者という第三項を介在させることで、ナルシシックに閉じた愛――ブルジョア的ないしプチ・ブルジョア的な愛――をいわば内側から変質させ、家庭の内部に狂気を出現させることが問題となっているからである。夫に向けられていたテレーズの愛は、浮浪者の空虚な空間を通ることによって、夫という対象から逸脱し「欠如」と呼びうる何かに関わるようになる。

まとめてみよう。すでに確認したように、「夜明けの光」のセレナーデをはじめとする浮浪者の歌うアリアは、夫アルベールを示す記号ではなく、何ものをも意味せぬものとして響くものだった。テレーズが浮浪者の「優しく空虚な」視線に射貫かれ、そのアリアに魅了されるとき、夫へと向かっていた彼女の愛はそのような「欠如」に関わるものへと変化する。『かくも長き不在』において、この「欠如」は、家庭を外部へ向けて解体するのではなく、家庭の内部にひそかに穿たれた穴として存在している。テレーズは表面的には夫を愛しつづけているように見えるが、その愛はすでに何かまったく別のもの、狂気を帯びたものに変質しているのである。

テレーズの「狂気」[44]は、一方では浮浪者を追跡するなかで彼女自身が次第に「浮浪者化〔clochardisée〕」していくにも関わらず[45]、自分のカフェでは家庭的な几帳面さに細心の注意を払い——これは新聞・雑誌に関する浮浪者の几帳面さにいわば裏返しに対応するものである——、整えられた家庭的空間にみすぼらしい身なりの浮浪者を引きこもうとする点に何よりも表れている。彼が夕食に招待されることになる空間はシナリオでは次のように描写される。「彼女は、いわば簡素にもったいぶった印象を与えるように準備された食卓に、最後の手直しを加える。二人用の食器。テーブルクロスは白い。／きちんとした女性の質素な布類が持つ白さ。」「そしてとりわけ彼女がアルベール用にと考えているヴォルテール風の肘掛け椅子。籐張りで、座面には花模様のクッションがおかれ、その四隅は短い紐で四本の脚に結びつけられている。／このきわめて簡潔な画面は次のことが直ちに理解できるほど十分に正確でなければならない。すなわち、浮浪者にとって、この薄暗がりのなかに見えるこのクッション付き肘掛け椅子は、そこに座ってしまえば、河岸の光を浴びながら行う終わりのない情熱的な仕事を永久に諦めることを意味する、ということを。[46]」このように外界と自由とによって特徴づけられる浮浪者の姿は、サヴァナケットからカルカッタまで彷徨した女乞食やS・タラの海岸を徘徊する「歩く男」に連なるものであろう。彼らの狂気がそのように外部と結びつけられるのとは対照的に、テレーズの狂気は家庭の内部に穿たれた穴のようなものとして存在している。それは家庭を表面的にはきちんとしたかたちで保つが、その内部はすでに変質している。ちょうど、爆撃されかたちだけが残された建物のように、あるいは、浮浪者の空虚な頭のように。

　つまり『かくも長き不在』は、こうした内部と外部の一種の相同性に基づいて構成された作品なのである。テレーズの家庭の空洞化と記憶喪失の浮浪者の空虚な頭は一種の相似形をなしており、家庭に穿たれた穴を埋めることができるのは、アルベールが存在しないいまでは、浮浪者だけである。しかし、夕食後、カフェを出たところをテレーズや周囲の人々から「アルベール・ラングロワ」と呼びかけられたとき、浮浪者ははっきりとは自覚しないにせよ、おそらく収容所での「処刑」の光景を思い出し[47]、本能的に逃げ出してしまう。記憶を失った空虚な頭しか持たぬ彼は、あらゆる同一性を失ったまま、ふたたび外部を彷徨する存在となる。シナリオは、冬になれば彼が戻ってきて家庭にとどめおくことができるとテレーズが口走るところで終わるが、そのようなことは決して起きないだろう。家庭の内なる空虚を埋めるものは永久に外部へと逃れてしまった。テレーズはそのことから生じる狂気を生きざるをえない。草稿では、浮浪者の自動車事故を知ったテレーズがジュークボックスをかけ、ひとりで踊った後に発狂し、サン＝タンヌ病院に入院、見舞いに行った浮浪者をテレーズは誰だか分からなかったという結末や、セーヌ河畔を歩いて浮浪者の小屋を訪ねてみるともぬけの殻だったという結末も考えられていた。[48]これらに比べると、決定稿はカフェで浮浪者の帰りを待つテレーズの姿を示すことで、家庭の内部に穿たれた欠如が強調されているように思われる。

『かくも長き不在』におけるアリアは、こうした空虚の特権的な象徴である。それは浮浪者によって歌われているというよりは、彼の虚ろな頭のなかで響くメロディであり、そのようなものとしてカフェ／家庭のなかにいるテレーズの耳に届く。彼女はジュークボックスという「音楽の罠」[49]によって浮浪者を惹きつけ、この外部から響く歌を家庭の内部に捉えようとするが、結局はそれに失敗してしまう。アリアが行方不明の夫アルベールを示す特徴ではなかったにも関わらず、テレーズがそれに魅了されたのは、歌声が浮浪者という外部の空虚と彼女のうちなる空虚とを結びつけるものだったから、言いかえるなら、浮浪者の空虚な頭で響くメロディにいわば共鳴するかたちで、テレーズのうちにも空虚が開かれ、その虚ろな空間のなかにメロディが響くことになったからにほかならない。みずからの主体のなかに絶対的な外部と通底する欠如が穿たれていること——どこから来たとも知れず、またどこに去ったかもしれぬ浮浪者のアリアが象徴しているのは、そのような主体の構造である。だとするなら、「夜明けの光」のセレナーデを歌うのは一体誰なのか。誰も歌いはしない。歌うのは誰かではなく、それは空虚のなかに響く欠如の声、実在するいかなるものにも由来しないという意味で、幻のように現れる——幻前する——〈声〉にほかならない。

【注】

（1）映画封切り当時の時評を除くと、この作品を主題的に扱った研究はほとんど存在しないようである。Cf. Robert Harvey, Bernard Alazet, Hélène Volat, *Les Écrits de Marguerite Duras, Bibliographie des œuvres et de la critique, 1940-2006*, IMEC éditeur, 2009. Hélène Volat, *Les Écrits de Marguerite Duras : Bibliographie des œuvres et de la critique, 1940-* : on-line : http://hvolat.com/Duras/Duras_Bibliographie.html　関末玲の論考は貴重な例外である（「マルグリット・デュラス『かくも長き不在』における空白の再認」、『日本フランス語フランス文学会関東支部論集』、第一二号、二〇〇三年、一八三—一九七頁）。

（2）*OC2*, p. 186.

（3）*OC2*, p. 149, 154, 173, 196.

（4）*OC2* p. 161-162, 164.

（5）*OC2*, p. 175. シナリオでは、テレーズが追跡するなか浮浪者はモン・ヴァレリアンの〝ゴミ捨て場で雑誌を探し、気に入ったものを見つけたときに『ランメルモールのルチア』のアリアを歌うとされているが、どのアリアかは指定されていない。映画では、古布や雑誌を集めながら「夜明けのアリア」や『ルチア』最後のエドガルドのアリア（「おまえは神のもとへと飛び去り」）などを歌うが（このふたつ以外にも口ずさんでいるが不詳。識者のご教示を俟ちたい）、気に入った雑誌を見つけたとおぼしき瞬間には歌うのをやめてしまう。

（6） *OC2*, p. 179, 196.

（7） *OC2*, p. 185.

（8） このアリアのフランス語版については次を参照。*Le Barbier de Séville, ou La Précaution inutile*, opéra-comique en quatre actes, d'après Beaumarchais et le drame italien, paroles ajustées sur la musique de Rossini, par Castil-Blaze, 2e éd., Castil-Blaze, 1828, p. 4.

（9） アリアをシナリオの流れに即してシンボリックに用いるこうした手法は、テレーズが浮浪者をカフェに引き入れる際に「中傷」のアリアを流すことにも表れている（*OC2*, p. 179）。『ラホールの副領事』におけるアンヌ＝マリー・ストレッテルや副領事、あるいは『愛人』の語り手のように、デュラス的な愛はしばしば人々の批判の対象となるが、テレーズも浮浪者に対する自分の愛をそうした世間との対立において理解しているからである。テレーズはまた、アリスに浮浪者は夫アルベールに似ていないと言われたとき、ジュークボックスで『愛の妙薬』の「人知れぬ涙［Una furtiva lagrima］」(p. 185) をかける。つれなかったアディーナがひそかに流した涙を見て、自分のことを愛しているとネモリーノが確信するアリアである。周囲にはまだ分からぬが、自分だけは愛が確実だと知っている――テレーズはそうした思いをこのアリアに仮託しているようだ。

（10） *OC2*, p. 149 et note 2 (p. 1665).

（11） 『ギリシア悲劇全集』第一巻、岩波書店、一九九〇年、一二七―一三二頁。

（12） *OC1*, p. 708-709, 718-719, 757, 803-805.

（13） *OC2*, p. 185-186.

（14） *OC2*, p. 155, 157.「空虚な［vide］」視線とは『愛』や『語る女たち』の記述を踏まえればとりあえずは青い目のことだと考えられるだろう（*OC2*, p. 1273-1274 ; *OC3*, p. 8. Cf. *OC2*, p. 1303, note 21［p. 1836］）。

（15）*OC*2, p. 163.

（16）*OC*2, p. 196. 映画版ではこのテレーズの苦しみの表現は無視されているように見える。

（17）*Ibid.* ちなみに、ト書きには浮浪者を「アルベール」と記して両者が同一人物であると認めているように見える箇所があるが、直後には「《アルベール》」と括弧付きの表記に改められている（*OC*2, p. 192）。

（18）**Le souvenir en marche dont aucune réalité n'est à la hauteur.** この一文は邦訳（『ヒロシマ、私の恋人／かくも長き不在』、清岡卓行・阪上脩訳、筑摩書房、一九八五年、一八四頁）では訳出されていない。

（19）*OC*2, p. 155.

（20）*OC*2, p. 156-157.

（21）*OC*2, p. 209. ただし同じ草稿では、アリスたちを呼んで確かめさせたのは、浮浪者が「彼〔夫〕の目、彼の鼻、彼の口」を持っており、「自分は確信があるから」とされている（p. 210）。しかし、決定稿でそうした類似による再認が慎重に避けられているのはまちがいない。冒頭で着想元となった新聞記事をテレーズが読むという構想もあったが（p. 205-206）、これも採用されなかった。のちの議論とも関連するが、模倣や反復に由来する同一性の作用を避けるためだったのではないだろうか。

（22）『フランス・ソワール』紙、一九五九年一〇月二〇日号（*OC*2, p. 1658-1659）。

（23）*OC*2, p. 170, 175-176, 181.

（24）*OC*2, p. 154-155, 179.『ヒロシマ・モナムール』にはすでに表の通りを毎日午前四時に必ず咳をして通る男が登場していた（p. 23-24）。

（25）*OC*2, p. 1269-1281.

（26）*OC*2, p. 199-200.

（27）*OC*2, p. 1470.

（28）*OC*2, p. 1473-1474.

（29）*OC1*, p. 673-674, 803-804.

(30) 『語る女たち』でデュラスは次のように述べている。「そう、彼女〔アンナ〕は彼を完全に一から作り出してしまったのよ。〔……〕彼女は生きていくなかでそうした男を自分に課したのね、一種の到達不可能な男、神である男を。」(*OC3*, p. 46)「水夫」が具体的特徴を離れ「神」に類した存在に近づくという点では、浮浪者は「水夫」に連なる存在とも言える。実際、浮浪者はイースター島の巨像になぞらえられたのみならず、草稿では「神」にもなぞらえられていた(*OC2*, p. 215)。
(31) *OC2*, p. 155, 157.
(32) *OC2*, p. 1273.
(33) *OC3*, p. 8. これに『オーレリア・シュタイナー』(二)の一節もつけ加えることができるだろう。「こうして私はときおり、集合場所の中庭で絞首刑に処せられた若い男の、すでに死に捉えられた空虚な目の、青い液体のような色を見る。」(*OC3*, p. 511)
(34) *OC2*, p. 1470.
(35) *OC2*, p. 197.
(36) *OC2*, p. 184.
(37) Jacques Lacan, « Hommage fait à Marguerite Duras, du ravissement de Lol. V. Stein » [1965], in *Autres écrits*, Seuil, 2001, p. 195.
(38) 「この機能は、愛する者たちが相手に夢中になった気持ちを閉じこめておこうとするナルシシックなイマージュを維持することとは両立不可能であり、ジャック・ホールドはその効果をすぐに感じるのである。」(*ibid.*)
(39) *OC2*, p. 350.『ロル・V・シュタインの歓喜』、平岡篤頼訳、河出書房新社、一九九七年、一二九頁。傍点筆者。
(40) *OC2*, p. 125.
(41) *OC2*, p. 189.
(42) *OC2*, p. 1147 ; *OC1*, p. 1252.
(43) 草稿では、離婚後、結婚のしがらみから解放されたことで「愛がよみがえり」、ふたりが一夜をともにすることが明記される（*OC2*, p. 532）。完成作品では、こうした明快すぎる単純な筋は排除されている。

（44） Cf. *OC2*, p. 178, 189.

（45）「テレーズについて言えば、きちんとした女性〔une femme d'ordre〕で完璧な女店主であった彼女は、この数時間をすごすだけで、浮浪者の食事の後で彼と会話を始めるときには、すでに彼女の方も「浮浪者化」していることだろう。」（*OC2*, p. 172. 前掲邦訳、二一四―二一五頁）

（46） *OC2*, p. 190, 191-192. 前掲邦訳、二四七頁、二五一頁。

（47） *OC2*, p. 202. 草稿によれば「処刑隊の一斉射撃」（*OC2*, p. 211）。

（48） *OC2*, p. 211, 215.

（49） *OC2*, p. 210.

声なき身体、静かなる犯罪
――『イギリスの愛人』に寄せて

立木康介

はじめに

マルグリット・デュラスにおける〈声〉に焦点を合わせる本書の趣旨に反して、「沈黙」を取りあげるあまのじゃくをお許し願いたい。

いくつか予備的な考察からスタートしよう。沈黙とは、すでに複合的な構造である。沈黙は、人間において、パロールの不在を意味すると同時に、声の不在をも意味する。

ところが、たいていの場合、パロールの不在と声の不在は重なる。このふたつは同一の不在に帰着する。というのも、たいていの場合、私たちはこう考えるからだ――話すのをやめるには、黙らなければならない、と。

だが、このことは決して自明ではない。なぜなら、パロールが意味を持つ何かとしてかたちをとるのは、つねに声によってであるとはかぎらないからだ。ドーラという思春期のヒステリー患者について、フロイトがいささか意地悪な観察を記している。子供のころから一度も自慰を行ったことがないと断言するドーラは、しかし、寝椅子の上で、フロイトの注意深い視線が彼女に注がれているにも関わらず、小さな財布の口を開け、そのなかに指を入れては、財布の口を閉めるという、じつに意味ありげな仕草をくり返していた。そこでは、どちらが真のパロールだったのだろうか。彼女が口で告げた内容の方だろうか、それとも、彼女がこの「症状的行為」によって告白した秘密の方だろうか。フロイトにとって、答えは明白だった。そこから、ドーラ本人に対してではないにせよ、読者に対して、フロイトが威厳をもって説くことをためらわない次のような教訓が生まれる――「見るべき目と聞くべき耳を持つ者は、死すべき者たちがいかなる秘密も隠しおおせはしないことを得心する。唇が語らぬ者は指先で喋り、その意に反することが孔という孔から漏れ出す。だからこそ、最も秘匿された心的なものを意識化するという課題は、きわめて首尾よく成功するのである[1]」。

この例は、さすがに極端すぎるかもしれない。だが、声なきパロールというものが存在すること、あるいは、パロールが声の領域、声によって分節化されるものの領域をいわば「はみ出る」ものであることは、疑う余地がない。

ところが、このような「はみ出し」は、じつは声の側にもある。声は声で、パロールの実在性には還元できぬ実在性を持つ。パロールなき叫び、パロールなき呻き、パロールなき鼻歌、などなど。これらには、声はあっても、パロールがあるとは言えない。このように、パロールと声は、部分的にしか重ならないふたつの「集合」をかたちづくり、おたがいに相手をはみ出してしまう。パロールと声は、相異なるふたつのものなのである。

しかしながら、以上は、パロールと声の隔たりを捉える唯一の見方ではない。この隔たりを捉えるもうひとつ別の視点がある。声というものが真に耳に入るのは、いかなる場合だろうか。言いかえれば、他人の声の実在性に私たちが触れるのは、どのようなときだろうか。それは、相手がパロールの終わりに達したとき、すなわち、その言表にピリオドを打ったときではないだろうか。まさにその瞬間に、パロールは、言表の乗り物として、言表がなされている間じゅうみずからが担ってきたシニフィカシオン（意味）から解放されて、はじめて、そのものとして、聞きとられる。つまり、誰かのパロールを聞くとき、私たちの耳に入るのは往々にしてその人の声ではなく、その人が告げることがらのシニフィカシオンの方である。相手が話し終えてはじめて、私たちの耳は、その人の声をそのものとして、つまり声の「肌理」やその他の特徴に関わることも含めて、聞く準備ができるのである――ただし、フェードアウトしつつある声として、すでに消滅への途上にある声として。実際、声はもっぱらパロールの残り物として、残滓として、聞きとられるのであり、まさにそのときにこそ、私たちは声の「その人らしさ」に、それどころか声の「主体性」に、出会うのだといってよい。

このような状態にある声、つまり、シニフィカシオンを剝ぎとられ、パロールの残滓として聞きとられる声を、ジャック・ラカンは対象 *a* のパラダイムに位置づけた。私たちはパロールと声とで同じように享楽するわけではない。シニフィアンに由来する享楽は、シニフィカシオンの水準、それゆえ意味の水準に回収されるのに対し、対象がもたらす享楽は欲動に関わる。ようするに、対象 *a* としての声が聞きとられるのは、パロールの外部とは言わないまでも、パロールの余白においてであり、声はそこで、欲動がそれへと引っかかる「対象」として姿を現すのである。声に固有の物質性は、シニフィアンのそれには還元できない以上、声がそれ自身の物質性において聞きとられるこの余白がなければ、ロクサーヌは、かつて自室のバルコニーからそれを聞いたときに、かくも自分を魅惑した声の持ち主が、クリスティアンではなくシラノだったことに、永遠に気づくことがなかったかもしれない。エドモン・ロスタン以上に、パロールと声の分裂を見事に劇作に活かすことのできた作家は決して多くはあるまい。

ところで、問題は、この分裂が沈黙においては消えてしまうことだ。話すのをやめるときには黙るという、ただそれだけのことで、パロールと声の分裂はたちまち姿を消してしまう。これは、じつは、沈黙というものの最も特筆すべき効果なのかもしれない。もちろん、フロイトのうら若き患者が見せたように、「声なきパロール」というものもたしかに存在する。だが、そのようなパロールにおいて、はたしてパロールと声の分裂（あるいは、そうみなすことのできる分裂）を見出すことができるだろうか。そうは思えない。対象 *a* の身分は、パロールとの関係からみた声の特権なのである。そして、まさにそのことこそが、私の考えでは、マルグリット・デュラスの注意を、いや、こういってよければ、むしろ彼女の「直観」を、引きつけたにちがいない――『イギリスの愛人〔ヴィオルヌの犯罪〕』を彼女が書いたときに。より正確には、もともとは『セーヌ＝エ＝オワーズの陸橋』へ、次いで『イギリスの愛人』へと翻案されることになる事件に、彼女が取り組んだときに。以上が、第一の予備的考察である。

続いて、第二のポイントとして触れておきたいのは、ミシェル・ポルトとの対話『マルグリット・デュラスの世界』においてデュラスが語る、女性の沈黙の特異性である。対談の冒頭、自身の著作の登場人物である女たちは、ひとり残らず、ノーフル＝ル＝シャトーの彼女の家に「棲みついて」いると打ち明けながら、デュラスはこう断定する――

場所に住むのは女たちだけで、男たちではありません。〔……〕女たちが身を浸している持続は、パロール以前の持続、男以前の持続です。男というのは、物事に名前をつけられないと、破滅し、不幸せになり、途方に暮れてしまいます。男は語る病に冒されているけれど、女たちはそうではありません。ここにいるように思える女たちはみな、まず黙ります。その後、何が起きるかは分からないけれど、女たちはまず黙ることからはじめるのです、それも長い間。女たちは、四壁のうちに差しこまれるように、部屋に、部屋にあるいろいろな物たちのなかに、嵌めこまれます。この部屋にいるとき、私には、ものごとの一定の秩序をいささかも乱していないという感覚があり、まるで部屋そのものが、つまりこの場所が、私がここにいること、ひとりの女がここにいることを、気に留めていないかのようです。というのも、女はもうここに自分の座を確保しているのですから。おそらく、私が語っているのは場所の沈黙のことです。(2)

女の沈黙は、こうして、場所の沈黙に融合する。おもしろいのは、デュラスがここで、ミシュレにインスピレーションを受けつつ、このことを魔女狩りに結びつけていることだ。引用を続けよう

――

ミシュレによると、魔女たちはこのようにして現れました。中世には、男たちはみな君主の戦や十字軍に駆り立てられ、女たちは幾月もの間、森の掘っ建て小屋に、まったく独りで、侘しく、居残っていました。だからこうして、孤独のゆえに、現代の私たちには想像もつかない孤独のゆえに、女たちは木々や、植物や、野生動物に話しかけるようになった、つまり、自然のものと心を通わせる知性〔intelligence〕に、足を踏み出したというか、どう言えばいいかしら、そうした知性を発明するように、発明し直すようになった。これは先史時代にまで遡るにちがいない知性であって、女たちはそれを、いわば、取り戻しました。そしてそういう女たちが魔女と称され、火刑に処されたのです。(3)

デュラスのこうした発言を受けて、ミシェル・ポルトはすかさず、デュラスの小説や映画に登場する女性たちの名を挙げる――『ナタリー・グランジェ』のイザベル、『破壊しに、と彼女は言う』のエリザベート・アリヨーヌ、そして『バクスター、ヴェラ・バクスター』の同名のヒロイン。しかし、デュラスがここで述べていることは、言うまでもなく、『イギリスの愛人』のクレール・ランヌにも当てはまる。クレールは自宅の庭のベンチに腰かけ、完全に沈黙したまま、何時間も過ごすのが習慣だった。ところで、このデュラスの弁のなかで本質的なのは、「パロール以前」の沈黙によって、女たちは場所との間に特異な関係を持つことができる、ということだ。これは、パロールを奪われた途端に途方に暮れてしまう男たちには、決して持つことのできない関係である。おそらくは「先史時代にまで」遡る、原始的な、それどころか野生的な関係。しかしそこには、場所や、自然や、「パロール以前」に存在するいっさいのものと通じあう経路が備わっている。言語の回路が遮断されると、それとは別の、女たちにはプライマリーなものである一方、男たちには根本的に欠けている回路、女たちがいわばそこに在り、森羅万象にピタリと馴染むことを可能にする回路の水門が開かれるのである。このことは何を意味するのだろうか。いや、むしろこう問うべきかもしれない――パロール以前の状態に留まることのできる女たちのこうした存在様式は、いかなる帰結を伴うのだろうか、と。私のねらいをもう少し明確にするなら、こうも言えるだろう――女たちのこの特異な存在様式は、他の女たちとの関係に、いかなる効果を及ぼすのだろうか。以上が、はじめに示唆しておきたいことのふたつ目である。

それでは、『イギリスの愛人〔ヴィオルヌの犯罪〕』の中身に踏みこもう。『イギリスの愛人』は、一九六七年にまず小説として出版され、次いで一九六八年に戯曲に翻案されて、そのつど好評を博した。周知のとおり、『イギリスの愛人』のストーリーは、一九四〇年代の末に起きたひとつの事件を題材にしており、それについてデュラスは、一九九一年に刊行された戯曲の最終版のはじめに、次のように記している――

『イギリスの愛人』の下敷きになった犯罪は、エソンヌ県サヴィニー＝スュル＝オルジュの、「石敷きの山」と呼ばれる跨線橋が近いので、同じ名で呼ばれている界隈の一角、平和通り〔rue de la paix〕沿いの家で、一九四九年一二月に起きた。

夫婦はラビユーという名だった。夫は退役軍人、妻の方は無職だった。

犯罪は、ラビユー夫人が夫の身に起こしたものだった。ある晩、夫が新聞を読んでいるとき、夫人はその頭蓋をハンマーでたたき割ったのである。夫人が使用したのは、「石工ハンマー」と呼ばれ、薪のかたちを四角く整えるのに用いられるものだった。

殺害が終わると、アメリー・ラビユーは幾夜にもわたって、夫の遺体を切り刻んだ。そうしてから、夜ごと、「石敷きの山」の跨線橋の下を通る貨物車に、遺体の断片を投下した。毎晩、一本の列車に一片が投げ入れられた。

非常に早い段階で、警察は、フランスのあちこちを走るこれらの列車すべてにひとつの共通点があることを突き止めた。それは、これらの列車がどれも、サヴィニー＝スュル＝オルジュのこの跨線橋の下を通ることだった。

アメリー・ラビユーは、逮捕された直後に自白した。(4)

小説『イギリスの愛人』の執筆に先立つ一九六〇年に、デュラスはすでにこのラビユー事件を題材に一本の戯曲を書いている。すなわち、はじめから戯曲として書かれたものとしては第一作となる『セーヌ＝エ＝オワーズの陸橋』である。犯罪の現場は、『セーヌ＝エ＝オワーズの陸橋』では、実際の現場にほど近いエピネ＝スュル＝オルジュに、『イギリスの愛人』では、架空の街ではあるとはいえ、やはりパリ近郊とおぼしきヴィオルヌに、それぞれ変更されている。しかし驚くのは、これらの作品のいずれにおいても、事件の風景を完全に、とは言わないまでも、大いに変貌させてしまう、決定的な変更が加えられている点である。すなわち、いずれの作品でも、殺害されるのは夫ではなく、夫婦の従妹で、生まれつき聾唖の女性になるのである。決して些末でも無害でもないこの変更を、デュラスはなぜ作品に持ちこんだのだろうか。ドラマなき無名性のなかで人々が暮らす郊外の一コミューンで起きた犯罪の犠牲者が、聾唖の女性でなければならないというアイデアは、いったいどこから出てきたのだろうか。
議論をしやすくするため、ここでは『セーヌ゠エ゠オワーズの陸橋』を脇へ措いて進みたい。『セーヌ゠エ゠オワーズの陸橋』と『イギリスの愛人』の間には、共通点だけでなく、相違点も多く、それらは作品の構成から物語の細部に至るまで、多岐にわたっているので、両作品の間を往復しはじめると、それだけで紙幅をとり、議論の筋道が錯綜してしまうおそれがあるからだ。両作品を比較すること自体は、決して無益な作業ではない。だがここでは、その作業に立ち入るゆとりがない。

さて、『イギリスの愛人』では、夫婦の名はピエール・ランヌ、及びクレール・ランヌであり、二人ともカオールの出身、二四年前にカオールで結婚し、その二年後にヴィオルヌに引っ越してきたという設定である。ピエールは五七歳。登記簿の内容を確認する係官として財務省に勤務している。クレールが自分に関心のないことを理解して以来、ピエールは何人もの女性たちと性的関係を持ち、周囲もそのことを知っているようだ。クレールは、以前に公立小学校の用務員として働いていた時期があるものの、現在は無職。若いころにカオールの警察官と大恋愛をした経験があり、その相手がクレールに残した完璧な幸福の印象は、いまだに彼女の心から消えていない。『セーヌ゠エ゠オワーズの陸橋』では、夫は妻に惚れこんでおり、妻の方も夫に情愛を抱いているが、『イギリスの愛人』ではまったく事情が異なる。つまり、クレールは夫をおそらく一度も愛したことがなく、ピエールの方も、恋の熱に浮かされた時期が過ぎてからは、妻への愛情をすっかり失っていた。

それでも二人が別れないのは、もっぱら、ピエールは他のいかなる女性よりもクレールといる方が自由である（自由にさせてもらえる）と感じるからであり（クレールは嫉妬を催すことがない）、またクレールの方も、夫の稼ぎで不自由なく暮らすことができるからだ。二人の間にはもはや、それと見て分かる惰性以外、何も成り立っていない。

ところで、ランヌ夫妻の家には、二十一年前からもうひとり女性が暮らしている。クレールの従妹で、やはりカオール生まれのマリー゠テレーズ・ブスケである。マリー゠テレーズは生まれつき聾唖だが、他人の唇の動きからいっさいを読みとる力がある。ヴィオルヌの自宅の家事を任せようと、ピエールが彼女を呼び寄せたとき、マリー゠テレーズは十九歳だった。クレールは、自室の掃除と自分の服の洗濯以外、料理も含めていっさい家事をしないのである。ピエールはマリー゠テレーズの仕事に満足し、クレールとの生活がマリー゠テレーズの労働抜きには成り立たないことを知っている。ピエールはまた、マリー゠テレーズの料理を、自分の知るかぎり最高の料理であると、高く評価している。このようにして、マリー゠テレーズは二十一年間にわたりランヌ家の家事を一手に引き受けてきたため、次のようなクレールの弁もあながち誇張ではなかった——「あの家は彼女のものだった。彼女のすることをいいとか悪いとか判断しようだなんて、私には思いつきもしなかったわ」(5)。ところが、まさにそのマリー゠テレーズ、すなわち、「あの子はほんとうにうちの家族の出なの」(6)とみずからも強調する血を分けた従妹を、クレールは殺害するのである——春のある朝、まだとても早い時刻に。

言うまでもなく、問題はなぜクレールがそのような行為に及んだのかである。いったいなぜ、クレールは聾唖の従妹を殺害し、遺体を細かく切り刻んで、ヴィオルヌの跨線橋の下を通る貨物列車にその断片をひとつひとつ投げ入れたりしたのだろうか。この犯罪の後半部分、すなわち遺体の切断については、そこにクレールの並外れた執拗さを見、彼女がマリー＝テレーズに深い憎しみを抱いていた証拠だと考えるのは、おそらく誤りだ。この点について、クレールは合理的な、それどころかプラグマティックな説明を繰りかえしている。つまり、小説版では百キロ、戯曲版では八十キロとされるマリー＝テレーズの巨体を片づけるには、それ以外の方法はなかった、と。加えて、遺体の切断はクレールにいかなる快楽ももたらさなかった。クレールはこう語っている――「夜中のカーヴでのあの解体作業がどんなに骨の折れる仕事だったか、あなたには想像もつかないでしょうね。まったく、まったくあんなだとは思ってもみなかった。カーヴでの出来事を見て、私が犯罪に犯罪を重ねたと言う人がいたら、それはまちがいだと言ってやってちょうだい[7]」。さらにこうも言う――「八十キロの体をどうやって列車に運べばいいというの？ ノコギリを使わずにどうやって骨が切れるというの？ カーヴのなかは血だらけだった、と言う人がいる。でもどうやって、あなたも私も、血が出るのを避けられるというの？ 私はあのカーヴの思い出を抱えたまま死ぬわ。この思い出をあの世にもって行くわ[8]」。これらの台詞すべてにおいて、クレールの弁は完全に一貫しているように、私には見える。この「豚小屋状態」はまったく彼女の望んだものではなかった。つまり、憎しみや復讐のためにそうなれと願ったものではなかった。むしろ、避けられるものなら、彼女はそれを避けたかった。しかし、実際には避けられなかった。そこで、彼女はサングラスをかけてカーヴの灯りを消し、自分がマリー＝テレーズの体にしていることを見ないようにしたのであり、しかもそうしながら、友だちのアルフォンソが手伝いに来てくれないかと、虚しく願ったりしていたのである。また、遺体の頭部をどこに埋葬したか、クレールが決して語らないからといって、彼女がそれを損壊したり、手荒く扱ったりしたと考えるのもやはり誤りだろう。私の考えでは、この点でも彼女の節度や良心、あるいはわきまえを、疑う理由はない。彼女はこう述べているのである――「頭部については、やるべきことをやったわ」[9]と。

したがって、事件のこちら側、すなわち遺体の切断の側に、理由を求めるのは、おそらく徒労に終わる。いずれにせよ、犯罪の見かけ上の「残酷さ」から出発して、深い憎しみとか、打ち消しがたい復讐の欲望とかといった理由を取り出そうとすることが、妥当であるとは思えない。追究は事件のもうひとつの面、すなわち殺害そのものの方で進められなくてはならない。クレールはなぜ従妹であるマリー＝テレーズを殺したのだろうか。真の謎は、この問いの側に見いだされねばならない。『イギリスの愛人』には、この問いの究明を押し進める原動力となる人物が登場する。戯曲版のテクストにて「質問者」と名づけられたその人物は、どうやら、事件について筆を執ろうと試みるライターであるらしい。そのような動機から、この人物はまず近所のカフェの給仕係ロベール・レミに（ただし、ロベールは戯曲版には登場しない）、次いでピエールに、そして最後にクレールに、テープレコーダーを回しながら、問いかけていく。言うまでもなく、この人物はテクストのなかで著者デュラスの分身の役を担っており、デュラスはこの人物の助けを借りて、犯罪の謎の究明をうまく押し進めることができる。とはいえ、この究明の果てに、何らかの真実に辿り着けるという希望が持てるのだろうか。それはどうもあやしい。とりわけ、物語やアクションをひとつの空白をめぐって描いてゆくデュラスの志向を知る読者には、なおあやしくみえる。実際、『イギリスの愛人』では、質問者は最後に意気消沈し、ひとり喋り続けようとするクレールを残して立ち去ってしまう。もしかすると、質問者のこの意気消沈は、読者にはもっと早い段階で予感されていたかもしれない。というのも、質問者とクレールの間で、見る角度によっては意味ありげに映るとはいえ、決定的に不毛であることに変わりはない、次のようなやりとりが交わされていたのだから――

質問者　やはりひとつの理由があって、しかしそれが、知ることのできない理由であるとしたら？　見過ごされている理由だとしたら？

クレール　誰が見過ごしているというの？

質問者　みんなが。あなたが。私が。

クレール　その見過ごされている理由というのは、どこにあるの？

質問者　あなたのなかにでは？

クレール　どうして私のなかに？　どうしてあの子〔マリー＝テレーズ〕のなかや、家のなかや、ナイフのなかにではないの？　あるいは死のなかにではないの？　そうよ、死のなかよ。探しても探しても見つからないものだから、狂気のせいだと言い出したりするのだわ、分かっているの。
でもしかたがないわね。(10)

クレールのこの、いわば場違いな聡明さに接しただけで、事件の究明が通常の意味での「真実」に到達しうることは絶望的だと考えるのに十分だろう。しかし、答えがないということが、『イギリスの愛人』におけるデュラスの結語なのだろうか。そうも思えない。たしかに、テクストに浮かびあがってきて、これこれこういうものですと告げられるような、何らかの真実に到達できると見こむのは、楽観的にすぎるかもしれない。だが、私たちを真実に導くのではないにせよ、そこに向かう道を垣間見せてはくれる、そうした断章や手がかりやステップといったものを、私たちが見いだすことは不可能ではない。必要なのは、慌てて進まないように気をつけること、それだけだ。

殺害の理由

実際、私たちがそぞろ歩きをさせられる道筋というのがあるにはあり、それは、しいて言うなら、「宿命」というものに関わっているようにみえる。ピエールが証言するように、クレールの行動はどんどん奇怪なものになっていき、池にラジオを放りこんだりするので、マリー＝テレーズに彼女をたえず見張っていてもらわねばならなかった。だが、「罪を犯す前の私は汚水溝だった。いまは、それよりはまし[11]」とクレールに言わせる何かは、単に彼女の頭のなかで起きていたことばかりではない――たとえ、たまに自分が狂っていると感じることがあるとクレール自身が告白するように、彼女には狂気のかなりはっきりしたサインが見られ、夜になると「ヴィオルヌのあちこちのカーヴで警察が外国人を殴っている[12]」という、あの繰りかえし告げられる妄想もそうしたサインのひとつにほかならないとしても、である。つまり、クレールの頭のなかだけでなく、家のなかでも何かが、退廃なのか圧迫感なのか、行き詰まりなのか息苦しさなのかは分からないけれども、とにかく何かが起きていて、クレールはそれをこう表現している――「分かるでしょう、何かうまくいかないことがすでにあの家のなかで起きていたのよ[13]」。クレールの抱いていたこの印象は、夫であるピエールによっても多かれ少なかれ共有され、それどころか、ピエールが自分の見た「犯罪の夢」を語る場面では、それが証明されたとすら言える。その夢のなかで、ピエールは「誤って」マリー＝テレーズを殺してしまったというのである。この夢の話から、さらには、クレールと縁を切ろうと思ったことがあると認めるピエールとの対話から、質問者が辿り着くのは、次のような結論だ――

――私の考えでは、あなたはクレールだけでなく、マリー＝テレーズとも縁を切りたいと願っていた――二人の女性があなたの人生から消えてくれたら、また独りになれるのにと願っていたはずです。あなたが夢に見たのは世界の終わりだったにちがいない。すなわち、別の世界のはじまりです。事件が起きなくても、あなたはそれを手に入れていたのかもしれない[14]。

たしかに、クレールの犯した犯罪によって最も大きな恩恵を受けたのは、紛れもなくピエールである。マリー＝テレーズの死とクレールの逮捕によって、ピエールはいまや完全に元の生活から解放されたのである。質問者が予見するとおり、彼はまもなく別の女性と別の人生を歩みはじめるだろう。その意味では、いっさいが、あたかもクレールが夫の望みを叶えてやろうとしたかのように進んだ。ジャック・ラカンの理論を知らずして、デュラスはラカンのあの名高いテーゼ、すなわち、人の欲望は〈他者〉の欲望であるというテーゼの、最も劇的なパラダイムを生み出したのかもしれない、と言いたくなるほどだ。だが、このテーゼはさしあたって措いておこう。重要なのは、クレールの方だけでなく、ピエールの方でも、ひとつの断絶をもたらすかもしれない、いや強いるかもしれない、何か深刻なことがいまにも起きつつあった、ということだ。ひとつの下り坂がすでにそこにあり、それが「終末」へ、私たちの明敏なる質問者が告げるように「ひとつの世界の終わり」へと向かって伸びていたのである。その意味では、おそらくこう述べることすら過言ではない――この夫婦にとって、犯罪が起きるのはまさに時間の問題だった、と。

そもそも、クレール自身も犯罪の夢を見ていたこと、まさに彼女が現実に犯すことになるのと同じ犯罪の夢を見ていたことを、忘れてはならない。ピエールが犯罪の夢を見たことは、もしもクレールがこの夢を見て、そのことをピエールに話していなかったとしたら、私たちに明かされることはなかったかもしれない。この点では、むしろピエールの方が妻の犯罪の夢に自分を合わせて、妻の夢と対応関係を持つような夢を自分でも見てしまったのだ、と言うことすらできる。だが問題は、このような理路を辿ってみても、クレールの殺したのがなぜマリー＝テレーズだったのかを把握することはできないままである、ということだ。それこそが問われなくてはならない。殺されたのはなぜ彼女で、ピエールではなかったのだろうか。そもそも、これは事件究明の地平線上に浮かんでいる問いである。というのも、ピエールが述べるように、クレールの狂気のロジックに従えば、クレールが殺さなければならないのはピエールだったのかもしれないからだ。デュラスが取材した「ラビユー事件」の方では、妻が殺したのは夫その人だった。とすれば、マリー＝テレーズが殺されたのはなぜかという問いは、『イギリスの愛人』のヒロインによって殺されるべき人物として、デュラスがマリー＝テレーズという人物を思いつき、あまつさえその人物に聾唖という独特な特徴を与えたのはなぜか、という問いによって二重化されなくてはならない。狂女クレールが犠牲者に選ぶのが、沈黙の世界に生きるこの女性でなくてはならない理由は、いったいどこにあったのだろうか。

この問いについて私が真っ先に述べることができるのは、次の点である。すなわち、先に指摘した余白、「パロールと声の分裂が生じうる余白」という観点からすると、マリー＝テレーズにおけるこの余白の恒常的な不在は、クレールとの関係で彼女を利する方向には働かなかっただろう、ということだ。この余白の不在はいかなる帰結を持ちえただろうか。対象 a としての声は、発話されたシニフィアンの連鎖としてのパロールには還元されない。ラカンが声を対象 a と呼ぶのは、声というものが、私たちの欲望がそれへと引っかかることがある、取り替えのきかない（かけがえのない）対象でありうるからだ。とすれば、逆説的にも、私たちが他者の主体性に、いや、その還元不能な核に、最も決定的なしかたで出会うのは、対象 a の姿においてである、と考えることができる。ロクサーヌは、最後になってようやく、自分が愛していたのは、詩的・修辞学的技巧で見事に粉飾されたパロールではなく、これらすべての技巧を剝ぎとられてもなお残るシラノの肉声そのものであったことに気づくのである。それに対して、マリー＝テレーズが声を発することができないという事実は、彼女が声の水準で対象 a として現前するいっさいの可能性を奪う。といっても、マリー＝テレーズには対象 a として現前する可能性がまったくなかったという意味ではない。それどころか、彼女には対象 a として振る舞うもっと別の経路があった——テクストには、マリー＝テレーズが男たち、とりわけ、よく彼女と一緒にいたポルトガル人たちと性的関係を持っていたことが語られている。しかし、日常生活において小さからぬ重要性を持つ言語的コミュニケーションの平面では、主体性のなかの最も還元不能な何かがそこにおいて出会われうるあの余白、あの深みが、マリー＝テレーズには与えられていなかった。それゆえ、一方では、マリー＝テレーズはランヌ家においてひとつの対象、といっても対象 a という意味での対象ではなく、モノという意味での対象、すなわち、主体性を欠いた対象、それゆえ道具的対象といってもよい対象に留まっていた。こちらが殺したいと思うとき、抵抗が少なくてすむのは、もちろんこうした対象である。他方では、マリー＝テレーズにおけるこの深さの欠如は、ランヌ夫妻が長年送ってきた生活の平板さ、単調さを象徴しているようにみえる。庭に長い間、独りで佇んでいるときには、頭がよくなることがあったと語るクレールは、しかし庭にいるとき以外は、ピエールやマリー＝テレーズとの生活に息苦しさを覚えていた。とすれば、この生活を象徴する単調さ、彼女がマリー＝テレーズその人のうちに見る単調さを振り捨てることで、クレールはこの生活そのものと訣別することを望んだのではないだろうか。いや、この仮説がぴったり当てはまるのは、『イギリスの愛人』よりもむしろ『セーヌ＝エ＝オワーズの陸橋』の方かもしれない。『セーヌ＝エ＝オワーズの陸橋』では、夫婦は自分たちの名もなき生活に不満を覚えており、その無名性から抜け出すために従妹を殺したと仄めかしてさえいる。それに比べると、『イギリスの愛人』には、この仮説はそれほどしっくり馴染まないようにみえる。むしろ、もっと他の理由を上乗せしなくてはならない。

女たちの惨禍

それゆえ、もう少し考察を続けてみよう。ここでも、私たちの出発点がやはりランヌ家を覆っていた沈黙＝静けさであることに変わりはない。デュラスがミシェル・ポルトとの対談で語った「パロール以前」の女性の沈黙を、いまこそ思い起こさねばならない。女性たちが場所との間に独特な関係を持つことを可能にする沈黙である。この沈黙においては、パロールを介することはないとはいえ、自然との、他の生きものたちとのコミュニケーションが生まれると、デュラスは語っている。クレールが庭にいるとき、彼女もまた同じ関係を場所との間に持っていた、と考えるよう私たちはおのずと促される。ただし、クレールにおいては、この関係は植物や動物とのコミュニケーションの方には向かわず、「神秘的」と名づけるほかないようなひとつの経験に道を拓く。その経験についての、クレールと質問者の間のやりとりを繙いてみよう——

質問者　庭のことを話してください。

クレール　セメントのベンチと、イギリスの愛人が何株かあるわ。私の好きな植物よ。食べられる植物で、羊のいる島で育つの。あのベンチに座っていると、私はとても頭がよくなったように感じることがあるということを、言っておかなくてはね。じっとしていると、とても頭のいい考えが浮かんでくるの。

質問者　どうしてそうだと分かるんです？

クレール　分かるものなのよ。だけどいまの私は、あなたの目の前にいる人物以外の何ものでもないわ。

質問者　庭ではどうだったんです？

クレール　私が死んだ後に残る女だった。(15)

日本語にしてしまうと判然としないが、原文では、ここは、物語のタイトルにもなっているクレールの綴り間違い、すなわち「イギリス・ミント〔ペパーミント、la menthe anglaise〕」と書く代わりに「イギリス人の愛人〔l’amante anglaise〕」と書いてしまう誤りが、いかにパロールのレベルにまで浸食してきているかを浮き立たせる箇所である。彼女の言語のなかで繰りかえされる、このささやかな、しかし一貫した、執拗にさえみえる逸脱（留め金の外れ）は、精神病のサインでありうる。だが、重要なのはむしろ、クレールは自分が何らかのえも言われぬ幸福を享受していることを知っているが、しかしそれを言語化することができない、ということだ。この言語化できない知は、「上乗せ享楽〔jouissance supplémentaire〕」としての女の享楽についてジャック・ラカンが語ったそれと同じものではないだろうか。いわく、「女のものである享楽が存在する。しかし女は、おそらく、自分がそれをまざまざと感じているということ以外に、自分ではそれについて何も知らない[16]」と。ここでラカンが述べているのは、象徴界の穴に想像的なヴェールを被せる働きを持つ「幻想」に由来する、名状しがたい快楽のことではない。クレールのケースでは、彼女が頭に乗せている「鉛の蓋」を通り抜けたときには、彼女をかくも幸福にし、彼女の頭をかくもよくしてくれる「考え」の出現に先だって、この同じ観念がガタガタとひしめき、クレールによると「それがあんまり痛いので、自分を消してしまいたいと思うことがあった[17]」という。思考のひしめきによって引き起こされるこの苦痛は、おそらく次のことを証言している。すなわち、これらの思考は、ラカンのいう「ファルスのシニフィカシオン」の体制のもとでそれらを言語化可能にする使命を持つファルス化された言語装置を通らない、ということだ。デュラスの作品世界にファルス的なものが最小限にしか現れないのは周知のとおりだが、この特徴は『イギリスの愛人』にも当てはまる。といっても、クレールにおいてはある種の神秘体験のようにみえるこの体験が、彼女の精神病構造の効果なのか、それとも女性としての彼女のポジションの効果なのかを見きわめるのは、容易ではない。ラカンは二種類の「ファルスの外」を定義している。ひとつは構造としての精神病、もうひとつは享楽の面での女性のポジションである。クレールにおいては、その両方が同時に存在していると見ることもまったく可能であり、むしろそう見るべきなのかもしれない。いずれにせよ、観念のひしめきのゆえに生じるこの苦痛が証言するとおり、私たちはこう考える必要がある。すなわち、庭にいる彼女の身に起きた経験は現実的な経験である、と。いや、より正確には、彼女の身体に現実的に起きたことがらの経験、と言わねばならない。

とすれば、問題は、クレールの身体に生じたこの現実的なものに関わる。デュラスによれば、パロール以前の沈黙によって、女性たちは植物や野生動物と、つまり自然物と、心を通わせる新たな知性を発明することができたという。では、場所との間に同じ特異な関係を持つと想定される、他の女性たちと通じあうときの知性は、いかなるものであると考えることができるだろうか。この知性(先ほどのクレールの言葉では、「頭のよさ」)、すなわち、定義上、パロール的知性が閉ざされてはじめて開通する女性的知性は、身体を、とりわけ、クレールにおいては口唇的経路を通る。容易に気づかれるように、『イギリスの愛人』のテクストは、食べ物と食べる行為についての記述に事欠かない。たとえば、ピエールがマリー＝テレーズの料理をとても高く評価していたこと、たくさん食べてよく眠るマリー＝テレーズのような人をクレールが苦手にしていたこと、テレーズはソース漬けの肉が嫌いで、それを食べた後、庭で戻すことがあったこと、などなど。精神分析的パースペクティヴに立てば、ファルス的要素がほとんど見いだされない女性の物語に、「前性器的」と呼ばれる性的発達段階の最初のステージ、すなわち「口唇期」に結びつく要素がふんだんに確認されるのは、いささかも突飛ではない。クレールにおいて機能しているのは、もはや話すための器官としての口唇域ではなく、食べ物を呑みこむ器官としてのそれにほかならない。

こうした観点から見ると、いくつかの細部が際立ち、それらがたがいに反響しあうようになる。まず、マリー＝テレーズが「小さな牛」に似ていると、クレールが述べていること。小さな「雌牛」ではなく、小さな「雄牛《ビーフ》〔bœuf〕」に似ている、と。しかも、このエピソードのことを問いただしたい質問者が「ある日、あなたはご主人に、マリー＝テレーズが動物に似ていると言ったそうですね」と尋ねた、その言葉を正しつつ、クレールは「私は「小さな雄牛に似ている」と言ったのよ」と述べるのである。そして、この件について相手が抱くかもしれない疑念をあらかじめ否定すべく、クレールはこう付け足すのを忘れない——「私がそう言ったから、私があの子を殺したのだと思うなら、それはまちがいよ。そう思うだろうと思っていたわ(18)」、と。なるほど、そのとおりだろう。問題はそれほど単純ではない。ところで、私たちには次のことも分かっている。クレールはソース漬けの肉が嫌いで、食べた後に戻すことがあるほどだった。おもしろいことに、クレールがこの件を話頭に上らせるのは、彼女はマリー＝テレーズのことが嫌いだから殺したのだろうという仮説を斥けようとする台詞のなかでのことである。彼女はこう語る――

〔判事は〕間違っているわ、私があの子を嫌っていたと思ったのなら。私はあの子を嫌ってなんかいなかった。でもうまく説明できる自信がなかったから、黙っている方がいいと思ったのよ。いまあなたに言ったことは、たくさん食べてよく眠る人が苦手だという私の性格の問題であって、それ以上ではないわ。他の誰かがあの子みたいに眠ったり食べたりしていたら、私には同じように耐えがたかったと思う。だから、あの子だから嫌だったということではないの。どんな人でもそういうのが耐えられないからなの。ときどき、私は食事中に庭に出ることがあったわ。吐いたこともある。とりわけソース漬けの肉を食べたときなんかに。ソース漬けの肉を食べるのは、私にはつらくて、つらくて。どうしてなのかは分からないけれど。でもカオールでは、私が子供のころ、ときどき食べていたのよ。母がよく作っていたわ、ふつうのお肉より安かったから。[19]

臨床の場面で顕著に見られるように、こちらが質問してもいないのに、自分から「どうしてなのか分からない」と言ってくる人は、往々にしてその「どうしてなのか」を知っているものである。

その意味では、クレールがこの細事を、いま食べるのが苦手なものを食べ（させられ）ていた子供時代の思い出に結びつけているのは、注目に値する。どうやらここには、「制止」（食べられないという制止）の対象の移動と呼んでよいものが見られる。つまり、かつて母が作ってくれた料理から、マリー＝テレーズが作る料理への移動である。そしてこの移動は、もうひとつ別の移動、すなわち、クレールが従妹の体つきを準《なぞら》える牛（ビーフ）が、この従妹が彼女に作り与えるソース漬けの肉に重ねられるという移動によって、二重化される。このように、クレールにおいて、他の女性たちとの関係は、単に口唇的であるだけでなく、まさに「食人的」といってよい経路を辿るのではないだろうか。ソース漬けの肉に対するクレールの嫌悪は、おそらくは無意識である彼女の幻想、すなわち、マリー＝テレーズの肉体を無理やり食べさせられるという幻想に、由来するのではないだろうか。ここでは、さらにもうひとつ、この幻想の食人的論理を完成させるように見える要素を引きあいに出してもよいかもしれない。すなわち、クレールは、おそらく台所で、マリー＝テレーズを殺した後、遺体をカーヴへと引きずっていき、そこで小さく切り刻んで……その断片を血のソースに浮かべたのである！　あたかも、自分が無理やり食べさせられていたこの体、つまりマリー＝テレーズの体を、もう見なくていいようにするには、クレールが自分の幻想を文字どおり実現すること、すなわち、切り刻んだマリー＝テレーズの肉を、彼女の血のソースに浸すという場面を演出することが必要であったかのように。

エディプス・コンプレクスに先立つという意味で、フロイトが「プレエディプス的」と呼んだ母娘の関係について、ラカンは「惨禍〔ravage〕」というタームを用いて記述している。いわく、「女性が女性として、父親から得られるよりも多くの糧を得られるものと期待する母親との関係は、多くの場合、惨禍になる」[20]と。ラカンにとって、母娘関係のこの「惨禍」は、しかし、女性の享楽を手に入れる可能性と、いわば表裏の関係にある。女性の享楽、すなわち〈他なる〉享楽は、ファルス享楽の彼岸に向かう。というのも、ファルス享楽はそれを支配する（去勢の）法によって制限されているからだ。女性は女性として、父親から得られるよりも多くの糧を母親から得ることを期待する。しかし、自分が望むようにはそれが手に入らないので、母親との関係は惨禍にまみれてしまうのである。ここで「糧〔subsistance〕」と言われているのは、さしあたって母乳と考えてかまわない。まさに「糧」の名にふさわしいこの糧が、娘の体に注ぎこまれるというのは、どういうことだろうか。男児においては、いってみれば、母乳は母乳でしかないが、女児の場合には、これとはちがい、母乳は女児の身体を、それが母親の身体とどんどん同じかたちになるように発育させるという、新たな価値を持つようになる。男児の身体は、言うまでもなく、どんなに発育しても、母の身体と同じかたちになることはない。女性がファルス的な享楽とは異なる享楽を手に入れる原動力のようなものがあるとすれば、それはまさにこの肉体的といってよい経路、すなわち、母から娘へと、強いて言うならいかなるファルスの介入もなしに、「糧」が通ってゆく、この経路の方に求めなくてはならない。しかし、母と娘の間のいかなる肉体的疎通も、食人的同化によって印づけられる部分を少なからず含むことがありうる、いや、含むことが避けられない。そうなると、娘の方は、もうお腹いっぱいだからとか、もううんざりだからとかという理由で、この経路を通るいっさいの糧を拒むこともある。ラカンの語る「惨禍」は、娘の受けとる糧が足りなかった結果ではなく、それが多すぎた結果でもありうるのである。クレールの場合、この過剰から逃れるのがあまりにも遅すぎ、そのやり方があまりにも過激すぎた、と言えるのかもしれない。

最後に、クレール・ランヌとロル・V・シュタインの比較症例研究の素朴な見取り図を示して、終わりにしよう。どちらのケースでも、デュラスは狂女の身体という問題に関心を寄せている。しかしその描かれ方は、それぞれのケースでおおいに異なる。

ロルにおいて問われるのは、身体イマージュ（もしくは「イマージュとしての身体」）であり、それがロルに不在であること、とりわけ、アンヌ＝マリー・ストレッテルという「もうひとりの女」によって持ち去られてしまったがゆえに、なおさら不在であることが強調される。マイケル・リチャードソンがアンヌ＝マリー・ストレッテルのドレスを剥ぎとるとき、その下から現れるはずの裸身をロルがもし目撃していたとしたら、ロルはその裸身のイマージュを、ずっと以前から自分自身に欠けていた身体イマージュの代わりに、迎え入れることができていたかもしれない。だが、カップルは立ち去ってしまい、ロルはこの「もうひとりの女」の身体を見る機会を奪われて、最初の狂気の発作に陥ったのだった。次いで、ロルは幼なじみであるタチアナの裸身のうちに、そのイマージュ、すなわち、彼女自身の身体イマージュの欠如を埋めてくれるイマージュを見いだす。この身体イマージュの代用はうまく機能するようにみえたが、Tビーチのホテルでジャック・ホールドがロルの着衣を脱がせるに及んで、破綻する。というのも、このとき、ロルはもはや自分がタチアナであるのかロルであるのかが分からなくなり、ふたたび錯乱状態に陥るからだ。

これに対して、クレールのケースが描き出すのは、イマージュの水準での混同ではなく、幻想のヴェールに覆われているとはいえ、あくまで現実的である(「現実界」の意味で)、食人的経路を辿る肉の同化のプロセスにほかならない。娘が、よりいっそう女になるために、父親よりも母親から受けとろうと待ち望む糧は、娘が期待するとおりに娘の手に入らないこともありうる。母親との間で未決のまま残された問題は、「もうひとりの女」との関係に入りこみ、その関係のなかで無理やり解決が図られる結果、思いもかけぬ行為化を引き起こさないともかぎらない。

ところが、これらのちがいにも関わらず、ロルとクレールには共通点がある。女の狂気が沈黙の道、いわば「声なき道〔voie sans voix〕」を辿るという点だ。どちらのケースでも、ひとつの穴の現前が際立っているのは偶然ではない。一方は、ロル・V・シュタインの愉悦《ラヴィスマン》=奪取を名づけることができるかもしれない「語」の不在によって、他方は、クレールが自分の犯した犯罪の理由を説明することを可能にしてくれるかもしれない「問い」の欠如によって、穿たれる穴である。これらの欠如はいずれも、女たちに固有のあのパロール以前の沈黙に起源を持つ。いっさいの言語的説明を、それが発せられたそばから、たちまち無効にしてしまう沈黙。その酷薄な運命を、この説明もまた免れえないだろう。つまり、ここで私が繰りひろげてきた説明もまた、かの沈黙を前に蒼然となり、解け、吹き飛ばされて、消え入るほかないのである。

【注】

(1) Sigmund Freud, Bruchstück einer Hysterie-Analyse (1905), in : *Gesammelte Werke*, Bd. V, Imago/Fischer 1942, S. 240.
(2) Marguerite Duras, Michelle Porte, *Les lieux de Marguerite Duras* (1977), *OC3*, p. 181-182.
(3) *Ibid.*, p. 182-183.
(4) Marguerite Duras, *Le Théâtre de L'Amante anglaise* (1991), *OC2*, p. 1033.
(5) Marguerite Duras, *L'Amante anglaise* (1967), *OC2*, p. 734 (*Le Théâtre*..., *OC2*, p. 1068).
(6) *Ibid.*, *OC2*, p. 736.（戯曲版では，「彼女はほんとうにうちの血筋なの」。Cf. *Le Théâtre*..., *OC2*, p. 1069.）
(7) *Ibid.*, *OC2*, p. 746.
(8) *Le Théâtre*..., *OC2*, pp. 1081-1082 (*L'Amante anglaise*, *OC2*, p. 757).
(9) *L'Amante anglaise*, *OC2*, p. 732 ; *Le Théâtre*..., *OC2*, p. 1066.
(10) *Le Théâtre*..., *OC2*, p. 1078 (*L'Amante anglaise*, *OC2*, p. 748).
(11) *Le Théâtre*..., *OC2*, p. 1085 (*L'Amante anglaise*, *OC2*, p. 759).
(12) *Le Théâtre*..., *OC2*, p. 1084 ; *L'Amante anglaise*, *OC2*, p. 759.
(13) *Le Théâtre*..., *OC2*, p. 1071.
(14) *Le Théâtre*..., *OC2*, p. 1062 ; *L'Amante anglaise*, *OC2*, p. 728-729.
(15) *Le Théâtre*..., *OC2*, p. 1071 (*L'Amante anglaise*, *OC2*, p. 738).
(16) Jacques Lacan, *Le Séminaire*, *Livre XX*, *Encore* (1972-73), Seuil, 1975, p. 69.

(17) Marguerite Duras, *Le Théâtre...*, *OC2*, p. 1075 ; *L'Amante anglaise*, *OC2*, p. 743.
(18) *Le Théâtre...*, *OC2*, p. 1066 (*L'Amante anglaise*, *OC2*, p. 733).
(19) *Le Théâtre...*, *OC2*, p. 1070 (*L'Amante anglaise*, *OC2*, p. 737).
(20) Jacques Lacan, « L'étourdit » (1972), in : *Autres écrits*, Seuil, 2001, p. 465.

II　映画と〈声〉

デュラス、〈声〉をめぐるエクリチュールの試み
――声の現前と不在の間で

関 末玲

はじめに――デュラス作品における〈声〉の存在

デュラス作品に現れる〈声〉は、じつに多様なかたちで表現されている。映画作品や戯曲で用いられるオフ・ヴォイスの存在はもちろんのこと、『かくも長き不在』で描かれる登場人物の口ずさむアリアや挿入されるオペラ曲、『インディア・ソング』等で姿を現さずに登場する声の存在など、音声としてばかりでなく、登場人物を凌駕するような表象として、〈声〉はその存在を変幻させながらデュラス作品に登場する。すでに初期の小説から〈声〉は特異な存在感をもって作家によって描かれつづけてきたとも言えるが、とりわけ映画制作に関わった一九七〇年代以降、デュラス作品のなかで特別な役割を担っていったと言えるだろう。本論では〈声〉の存在が、作家にとっていか

にエクリチュールの問題へと直結する重要な問いとなっていったのかその変遷を追うとともに、このような問題意識のなかで〈声〉の表象がどのように変化していったのか考えてみたい。

文学作品の執筆と映画制作の狭間で

一九六七年、デュラスはみずから監督を務めた初の映画作品『ラ・ミュジカ』(制作は一九六六年)を発表する。「私の小説をもとに作られた映画作品が、私にとっては耐え難かったので、自分で映画を制作したくなった[1]」と作家自身が述べているように、初の映像作品を制作する前から作家と映画の関係はすでに始まっていた。『ラ・ミュジカ』以前、デュラスの小説『太平洋の防波堤』(一九五〇)を原作としてルネ・クレマンが『海の壁』(一九五八年公開)を制作し、ピーター・ブルックは『モデラート・カンタービレ』(一九五八)を原作として、『雨のしのび逢い』(一九六〇年公開)を手掛けた。デュラスはさらに創作の場を広げ、一九五九年公開のアラン・レネ監督作品『二十四時間の情事』(一九六〇年に『ヒロシマ・モナムール』として刊行)でシナリオ執筆を担当すると、アンリ・コルピ監督の『かくも長き不在』(一九六一年公開)にもシナリオを提供する。満を持して映画『ラ・ミュジカ』で初の映像作品を手掛けたデュラスは、一九七二年には『ナタリー・グランジェ』と、『インディア・ソング』の前身となった『ガンジスの女』を制作し、三年後の一九七五年には二万人近い観客を動員したと言われている『インディア・ソング』を発表する（制作は一九七四年）。さらに一九七六年には、『インディア・ソング』の音声をロス・チャイルド邸のイメージにかぶせた映画『ヴェネツィア時代の彼女の名前』を手掛け、この他にも『バクスター、ヴェラ・バクスター』が撮影された。一九七七年には『トラック』、一九七八年には『船舶ナイト号』、翌一九七九年には『セザレ』、『陰画の手』、『オーレリア・シュタイナー』のふたつのバージョンも手掛けている。ざっと振り返っただけでもこれだけの映像作品が、文学作品の執筆のかたわら、制作されたことに驚きを感じるが、とりわけ主要作品が一九七〇年代に制作されていることにここで留意したい。

一九七〇年代と言えば、デュラス小説の代表的連作「インド連作」の後期主要作品（一九七一年刊行の『愛』、一九七三年刊行の『ガンジスの女』、同年刊行の『インディア・ソング』）が出版された年代でもあるので、この時期デュラスが文学創作のスランプに陥っていたことはあまり見えてこない。プレイヤード叢書の筆頭編者であるジル・フィリップが指摘するように、それまでみずからの戯曲やシナリオ、小説を映画化してきたデュラスが、一九七二年に初めてテクスト創作に先駆けたかたちで映画『ナタリー・グランジェ』を制作するようになると[2]、文学作品の創作と映画制作は、もはや不可分のように連動してゆく。すでに大女優であったジャンヌ・モローと若かりしジェラール・ドパルデューの出演する映画『ナタリー・グランジェ』は、翌年テクストとして刊行され、同様に『ガンジスの女』や『船舶ナイト号』も、同名タイトルを持つ映画制作の後にテクストが刊行されている。七〇年代、デュラスは文学創作に対するインスピレーションの枯渇を映画制作によって補っていたと言えるだろう。一九七〇年代後半の『船舶ナイト号』は、短いテクストとして雑誌に掲載された初出と、最終的にテクストとして刊行された文学作品の執筆の合間に映画が撮影され、三度にわたり世に出されたことになる。『船舶ナイト号』は、郵便局に勤務する青年J・Mが、使われていなかった電話回線に無作為に電話をかけたことがきっかけでFと知りあい恋に落ちる、男女のラブストーリーを描いている。その後三年もの間電話のやり取りはつづき、二人はいつしかたがいへの思いを募らせるようになる。しかし待ち合わせを約束しても、Fは一度としてJ・Mの前に姿を現さなかった。電話でのやり取りが唯一の連絡手段であった『船舶ナイト号』において、たがいの姿は声を通してのみ保証されているがために、〈声〉はあたかも登場人物を凌駕する存在であるかのように描かれている。視覚による情報が得られないために、本作品で〈声〉の重要性は、否が応にも増してゆく。Fの身体を十全に体現してしまったかのような〈声〉の存在は、もはやFそのものであるとさえ言えるだろう。ミシュレを愛読していたデュラスはミシェル・ポルトとの対談のなかで、次のように語っている。

ポルト　まるで森が、古い意味での「聖なる」場所のようだということですか？

デュラス　ええ。分かりますか？　私たちが、私たち女性が、最初の女性たちが語りかけたのは森に向けてだった。自由な言葉を、思いついた言葉を向けたのは。これはすべてミシュレを指して言っているのですが、女性たちはこうして動物や植物に話しかけるようになった。

それは彼女たちの言葉で、教えこまれたものではなかったのです、この言葉は。自由であるという理由から、女性たちの言葉は罰を受けた。つまり、この言葉ゆえに女性は、男性や家に対する務めを放棄してしまった。それは自由の声だった。人を恐れさせるのは、だから当然のことなんです。(3)

女性登場人物の唯一無二の存在感を、とりわけ手の動きにフォーカスし、身体性を浮かびあがらせたショットを通して象徴的に映し出した『ナタリー・グランジェ』の撮影について語りながら、デュラスはポルトに対して女たちが話す「自由の声〔la voix de la liberté〕」が、その自発的な直接性によって恐怖をもたらしていることを説明している。野蛮とも言える生々しさを持つこの声の存在は、ナタリー・グランジェの家をふらりと訪れた訪問販売員の男性に対する、理由なき彼女たちの否定の〈声〉にも体現されている。ドパルデュー扮する販売員は女たちに向かってセールスマンだと自己紹介するが、ルチア・ボゼーとジャンヌ・モローが演じるこの家に住む女たちは、「いいえ。あなたは訪問販売員ではない(4)」と彼に宣告する。ドパルデューが女たちの家をそそくさと離れてゆくラストシーンは、彼女たちの声に怯える、彼の恐怖を象徴していると言えるだろう。

デュラス作品で描かれる「女の声」は、「教えこまれた」言葉でないがゆえに恐怖を与え、特異な存在として現れるが、〈声〉そのものが登場人物の身体を離れ、あたかも自立的な存在を獲得したかのように描かれるのは一九六五年の戯曲『ラ・ミュジカ』であり、その後〈声〉はさらにデュラス作品のなかで重要な地位を占めるようになっていく。『ラ・ミュジカ』では、〈声〉が登場人物の代わりとなっていることが分かる。

女性の声　あなたなの、ミシェル？
彼　ああ……。大丈夫？
声　大丈夫よ。(間) 終わったの？
彼　ああ。
声　いつ？
彼　今日の午後さ。
声　それほどは……辛くなかった？
彼　つまりだね……、いや……いや……
　　　　――沈黙。ミシェルは言葉をつづけない。(5)

BBCの依頼で書きあげた本作で、〈声〉は登場人物と同等に描かれている。この戯曲をもとに、デュラスは映画デビュー作を制作することになるのだが、初の映画作品の原作において〈声〉が登場人物から独立した主体として示されていることは、映画制作との関わりから〈声〉の存在を解き明かす本論の試みにおいて、留意しなくてはならない点であるだろう。一九七三年に刊行されたテクスト『ガンジスの女』のなかで、前年に撮影された同名映画作品における「声」の問題について、デュラスは次のように述べている。

『ガンジスの女』は、二作の映画から成る。映像の映画と〈声〉の映画である。映像の映画というのは想定済みだったし、計画通りであった。構成はシナリオに書き留められていた通り、予定通りの期日で撮影された。同様に、その後予定通りの期日で編集も行われた。

映画がこう伝える。〈声〉の映画というのは想定外だったと。映像の映画がいったん編集され、完成されたとたん、現れたのだ。遠くから、現れた。でもどこから？　声の映画は映像にかぶさり、映像の場所に入りこみ、とどまってしまった。

いまや完全に自律したものとして、ふたつの映画がそこにある。両者は単に結びついているだけだが、抗い難く物質的に併存している。ともに同じフィルム上に書きこまれ、同時に目に映るものとして。(6)

デュラスは『ガンジスの女』が映像と〈声〉の映画から成る作品であることを明らかにしているが、通常映像に重きが置かれる映画芸術のなかで、〈声〉を映像と同等の価値を持つもう一本の柱として表現したことは、結果として「映像」を二次的なものへと押しやり、作家が〈声〉に最大限

〈声〉の発見が映画制作に欠かせなかったことをデュラスは明言している。『インディア・ソング』において、『インディア・ソング』が『副領事』で探求されていない領域に入りこみ、それを明らかにしたという事実は、この作品を書く十分な動機となってはいない。

本当の動機となったのは、『ガンジスの女』で暴露や探求の手段を見つけたこと、つまり、物語の外に位置する声を見出したことである。この発見が、作者の記憶とは異なる記憶に物語をゆだねるために、それを忘却のなかで揺さぶることを可能にしてくれた。他のいかなる恋物語でさえ同時に覚えていいるような数々の記憶に。デフォルメし、創造してゆく記憶。(7)

デュラスが発見したという、「デフォルメし、創造してゆく記憶」を持つ〈声〉の存在は、『インディア・ソング』のなかでアンチ・イマージュを謳うデュラス自身によって「異種の映画(8)〔cinéma différent〕」と呼ばれるものになってゆく。私たちは次に、デュラスの映画作品における〈声〉の重要性について先行研究にも触れながら、確認してゆきたいと思う。

デュラス映画における〈声〉の特異性

映像から音声を分離させ、自律的な〈声〉の描写を試みたデュラスの映像作品は、周知のようにその後さまざまな議論を引き起こすこととなった。一九七九年に実現したゴダールとデュラスの対談でも、テクストとの関係性においてデュラス映画への言及がある。さらに一九八五年刊行のドゥルーズの『シネマ2』で、映像と音の分離について分析が試みられていることは、ここで強調するまでもないだろう。また一九七五年のフーコーとシクスーの対談でも、デュラスの〈声〉を基点に、議論が進められている。まずはゴダールとデュラスとの対談から、確認したい。

ゴダール　ぼくの考えでは、映画はしゃべり過ぎだ。とりわけ文章を繰り返している、書かれたものを繰り返している。ぼくがあなたの映画作品を好きなのは、それらの作品が映画から生まれたものではなくて、映画を横断するものだからです……。

デュラス　私は自分のテクストを映画に合わせているのよ。映像といっしょに見たり、聞いたりするテクストをただ投げ出すわけにはいかないわ。本の中だったら投げ出せばいい。本の中で読まれるためのテクストであればね。〔映画では〕スクリーンを起点にテクストの読みを組織しなければならない。だから、本と映画ではやはり同じではないの。(9)

ゴダールはデュラスとの対談のなかで、「エクリチュールが大嫌い」[10]だと公言しながら、作家デュラスの制作した映画では、エクリチュールが尊重されながらも映画と見事に共存していることを指摘している。そして、デュラス作品の対極にある映画として、「文章を繰り返」すだけの「しゃべり過ぎ」る映画を断罪する。ゴダールは直接的にデュラス作品における〈声〉の描写について言及しているわけではないが、彼女の「語り」が、言葉によって映像を埋め尽くすことを意図したわけではないことを看破している。さらに、映画史においてデュラスの功績を称えたドゥルーズは、『シネマ2』のなかで次のように分析している。

視覚的イメージの中には、灰の下または鏡の裏の生が見いだされるが、同じく、演劇から分離し、エクリチュールからもぎとられた純粋な、しかし多義的な言語行為が、音声的イメージの中から抽出される。「非時間的」な声たちは、一つの音声的実体の四辺のようなものであり、視覚的実体に対面している。視覚的なものと音声的なものは、はてしない、同一でありながら異なっている一つの恋愛物語に対する二つの遠近法である。『インディア・ソング』以前に、『ガンジスの女』は、非時間的な二つの声の上に音声的イメージの自己自律性をすでに確立して、音声的なものと視覚的なものが無限遠点で「触れる」ところで映画を終わらせており、この二つはそれぞれの辺を喪失しつつ、無限の遠近法となっていた。[11]

ドゥルーズはデュラス作品に現れる声が時を刻印しない、「非時間的」な〈声〉であるとしている。音声と視覚が遠近法のリミットに触れ、両者の境が消失してゆくことを、ドゥルーズはここで端的に明示していると言えよう。そして、デュラスが分離させた映像の映画と〈声〉の映画の関係を、次のように結論づける。

視聴覚的イメージを構成するのは、視覚的なものと音声的なものの離接、分離であり、両者のおのおのは自己自律的であるが、同時に、非共約的ないし「非合理的」関係でもあり、それは一つの全体を形成することも、いかなる全体をめざすこともなく、両者を結びつける。(12)

ドゥルーズはデュラス映画における「視聴覚的イメージ」の非補完的な構造について、「感覚運動的図式の崩壊から発生する抵抗(13)」と述べている。音声が映像を何ら補足することないこの手法は、とりわけ『インディア・ソング』において強調して描かれるようになる。ドゥルーズ同様、デュラスの〈声〉が時間の問いに直結するものであることを、シクスーはフーコーとの対談で指摘している。

デュラスはよくあそこまで見事に声を作りあげたと思うわ。それがあの彷徨いまわる声、肉体の無い声なの。そこには声を持たない肉体も、肉体を持たない声も出てくるの。それらの声がまるで小鳥のように始終まわりを飛び交うんだけど、それが実に美しく鍛錬された声なのよ。うっとりするような声だったり、コーラスを思わせる女性の声だったり。だけどコーラスとは正反対かもね、だってその声は何処かからやってきて、それがあっちこっち飛び回るんだから。何処かっていうのはもちろん「時」のことよ。だけど、いつとは断定できない「時」だから、注意していないと「同じ声」に惑わされて時を混同してしまうかもしれない。今聞こえてくるから現在のように思えても、実際は過去の声で、物語ったり想起したりする場合だってあるから。声が今スクリーンに見えているものをさらって、そのいつとも知れない過去に送り返すわけね。(14)

フーコーとシクスーがデュラス映画について語った「デュラスについて〔À propos de Marguerite Duras〕」は、一九七五年一〇月刊行の『カイエ・ルノー＝バロー』第八九号に掲載された後、フーコーの『思考集成』に収録されている。デュラスの描く〈声〉の存在はこのように大きな注目を引き、作家デュラスとしてではなく、映像作家として彼女の作品が取りあげられることとなっていく。すでに見てきたように『ラ・ミュジカ』のなかで、〈声〉は登場人物に代わり得る特異な存在として描かれてはいたが、〈声〉の問題がデュラスのなかでより強く意識されたのは、一九七〇年代に熱心に映画制作に携わっていたこの時期と言えるだろう。テクストを映画化した『インディア・ソング』と、映画をテクスト化した『ナタリー・グランジェ』や『ガンジスの女』、そして最初の版と改訂版の間に撮影された『船舶ナイト号』など、一九七〇年代はまさにデュラスが映画からテクストへ、あるいはテクストから映画へとふたつの表現形式を横断した時期となった。映画を毛嫌いしていたとさえ言える作家が映画制作に積極的に関わることで、映画制作の手法や思考方法をみずからのエクリチュールに取り入れ、文体や構成を大きく変えていった転換期となる。以降、約二十年にわたり二十本近い映画を手掛けたデュラスだが、映画については辛辣な発言もしている。

映画には、これまで制作されてきた映画に対しては一種の嫌悪感を、すべてとは言わないにしてもこれまで制作されてきた大部分の映画に対して感じているから、ゼロから映画をやり直したいんです。とても原始的な文法で……非常にシンプルで、きわめて原初的とさえ言えるような文法で。……動かないまま、一切をふたたび始めるんです。

いずれにしても私の作る映画については、自分の本と同じ場所で制作しています。情熱の場と私が呼んでいる場所。そこでは、耳も聞こえず、目も見えない。(15)

デュラスは映画について、さらに歯に衣着せぬ発言をしている。

他方で、人に気に入られ、人を楽しませるために作られた映画、そんな映画は……何て言うのかしら、私だったら土曜の映画とか、さもなければ消費社会の映画とか呼ぶけれど、そう言った映画は観客の場所で作られていて、とても厳密なレシピに則って、観客に気に入られるように、そして上映時間の間、観客をつかんでおくように作られている。上映が終われば、こういった映画は何も残さない、何も。(16)

ここでデュラスは特に商業映画について言及しているが、彼女が評価するゴダール、チャップリン、ブレッソン、タチなどの一部の監督作品を除いては、映画という形態そのものをも否定しているようにさえ思われる。映像の持つ視覚の絶対優位性は、常にエクリチュールの対極にあるものとしてこれまでヨーロッパ哲学においても議論されてきたが、デュラスは映画制作というその深奥にみずから入りこむことで、映画が有し、反対にエクリチュールの有しえない視覚性を、いかにしてエクリチュールに還元しえるのか探求していたのではないだろうか。映画の持つ視覚優位を逆手に取るかのように、そして、まるでエクリチュールに不足するものなどもはやないというみずからの信念を強固にするがために、デュラスは映画を断罪してゆく。〈声〉の問いは、このような意図から映像に対抗しえる手段として、作家に意識されていくようになっていったのだと考えられる。私たちは次にデュラスが映画制作を通して、エクリチュールの欠如をどのように補い、還元しようとしていたのか、明らかにしてゆきたいと思う。

映画の持つ「現前性」

映像という視覚情報を提示することによって、映画がエクリチュールの内包する無限の想像的広がりの可能性を狭めてしまうことを非難していたデュラスだが、他方で映画の有する直接的な伝達性については、惜しみなくこれを称賛している。作家は次のように指摘している。

文字に置き換えようとすると、いつだって私たちは文字によって、言語によって一杯になってしまうんじゃないかしら。すべてを翻訳しようなんて、すべてを説明しようとするなんて無理なんです。一方でイマージュのなかでなら、完璧に書くことができる、撮影された空間すべてが書かれる[17]〔……〕。

デュラスは映画の持つ、視覚情報としての「直接性」あるいは「現前性」に言及している。映画制作を通して〈声〉の問題を重要視するようになったデュラスは、映像が有するこの十全的な「現前性」こそが、エクリチュールに不足していると感じる。そしてこの欠如を、〈声〉の表象によって補うことでエクリチュールの限界を克服しようと、みずからに課す。イマージュの先へと、さらに進むこと。『トラック』には、次のような言葉がある。

映画は知っている、テクストの代わりになれたことなど、一度もなかったと。
それでもテクストの代わりとなる道を探している。
テクストだけが映像の果てしない運び手であることを、映画は知っている。(18)

一九七七年公開の『トラック』のなかで、唯一テクストだけがイマージュを運ぶことができると発言していたデュラスが、一九七〇年代最後の年に公開したのが『船舶ナイト号』である。デュラス映画の全盛期と言える七〇年代最後の年に『船舶ナイト号』が公開されたのは、象徴的な出来事と言ってよいだろう。というのもデュラスはこの作品で、初めて映画制作における挫折を経験したからである。彼女は『船舶ナイト号』の最初のラッシュを、失敗とみなしていた。テクストとして刊行された同名作品の冒頭には、監督としての言葉が付記されている。

私は『船舶ナイト号』の撮影を一九七八年七月三一日の月曜日に始めた。すでにコンテは作ってあった。月曜日とつづく八月一日火曜日で、コンテで予定しておいたショットを撮影した。火曜日の晩に、月曜日のラッシュを見た。メモ帳に、この日私は書いた、失敗した映画と。
一晩一夜で、私は映画を投げ出した、『ナイト号』を。私は映画の外へ、遠くへ、この映画が一度も存在しなかったも同然に、映画から離れた。こんなことはこれまで起きたためしがなかった。もはや何も見出だせない、映画のわずかな可能性さえ、映画となりうるただひとつの映像でさえ垣間見ることができない。[19]

デュラスは惨敗とばかりに、『ナイト号』の完全敗北を受け入れる。映画は彼女を見放したが、彼女もまた映画から手を引く時期が迫っていることを自覚する。しかしおそらくはオフ・ヴォイスで同作品に出演していたブノワ・ジャコからの懇願にも近い要求によって、なおも翌日、映画のこの惨状を撮影しようと決心する。

私は眠りに就いた。それからいつものように、夜明け前のこの不眠——鬱からくると言われている——に陥った。映画の敗北を私が理解したのは、この不眠の間であった。つまりこのとき、映画を理解したのだ。

朝、私たちはふたたび集まった。そして私は友人たちに告げた。コンテを諦めて、映画の破綻を撮るのだと。日中の間に、背景と俳優たちのメーキャップを撮るのだと。そして、その通りに実行した。一歩ずつ、映画は死から抜け出していった。[20]

『船舶ナイト号』のこの失敗により、エクリチュールは、デュラスにとって映画を越えるべき表現媒体として改めて取り組むべき、さらに困難な目標と化す。それはまた映画の持つ直接性を、エクリチュールによって書き表すことを作家が受け入れた瞬間でもあった。映像とは異なるアプローチから、言葉の、物語の、イメージの直接性ないし現前性に触れ得る道をデュラスは模索する。

映画は、もうおしまい。私はまた本を書き始めようとしていた。私が十年来離れていた故郷に、この恐れおののく労苦に戻ろうとしていた。さしあたって、私は気分がよかった。幸せだった。この失敗を勝ち取ったのだ、勝ったのだ。幸福感はこのことに、勝利したことに起因していたにちがいない。私は勝利の疲れを癒した。ついに映画制作の不可能に達したという勝利の疲れを。その晩ほど、この失敗を確信するのと同じように成功を確信したことは、かつてなかった。(21)

実際には一九八四年公開の『子供たち』まで映画制作をつづけたデュラスだが、初の映画監督作品『ラ・ミュジカ』制作から『船舶ナイト号』の失敗に至るまで、古巣に戻るにはすでに十二年もの歳月が流れていた。映画の持つ現前性をエクリチュールという媒体で表象化することを試みるには、すでに十分過ぎる時間が過ぎ去っていた。私たちは次に、デュラスのエクリチュールに大きな転換をもたらした『船舶ナイト号』について、見てゆきたいと思う。

映像からエクリチュールへ

映画『船舶ナイト号』は、雑誌に掲載された一三頁の初出テクストと、本として刊行された改稿版の執筆の間に、撮影が行われている。結局一度も会わないまま、Fの結婚によって別れを迎える二人が最終的に辿り着くのは、〈声〉そのものの存在である。テクストとして刊行された『船舶ナイト号』では、唐突な大過去を用いた会話文から、物語が始まっている。

——ご覧になるべきよ、とあなたに言っておきましたね。
正午前後にアテネを包む沈黙はそれほどにも……厳しさを増す暑さとともに……
街はシエスタの時刻には空っぽになって、すべてが夜のように閉まってしまう……
……沈黙の高まりに立ち会うべきだと……〔……〕

——アテネ市美術館で、翌日の午後に……

——ああ、そうでした……、その通りです……、忘れていました……、ほら、人っていうものは[22]……

冒頭の一文「あなたに言っておきましたね〔Je vous avais dit...〕」は、原文では過去よりも前に起きた出来事を示す大過去形が用いられている。通常は基点となる過去形が前提となって使用されるのが大過去形であることを考えれば、読者は唐突にも時間を二回り遡る作業を強いられる。さらにこの大過去形が意図的であることを示すために、数行後に「忘れていました〔j'avais oublié...〕」という大過去形がくり返し用いられている。テクスト内における時間のこのような跳躍は、「アテネ」という古代ギリシアを想起させる都市名を挙げることによって、読者によってより容易になるよう構成されているとしても、他方で男女の会話が置かれる現在という時間軸は、冒頭よりすでに不安定なかたちで提示されていると言える。

遂に最後まで約束の場に現れなかったFがじつは白血病に苦しんでいることが明かされ、彼女の死を予期させるかたちで『船舶ナイト号』の物語は閉じられる。冒頭のト書きで、デュラスはこの物語が実話に基づいていることを断っている。

『船舶ナイト号』の語る物語は、それを経験した男性、ゴブランの青年J・Mが七七年一二月に私に話してくれたものである。私はJ・Mを知っていたし、その話も知っていた。話の存在を知っていたのは、私たち十人ほどだった。しかし、J・Mと私で一緒になって、そのことを話したことはなかった。三年後のある日——私がJ・Mの友達とその話しをしていたときに、彼がすでにいくつかの出来事については忘れてしまったと話しているのを知り――物語が失われてしまうことが怖くなった。私はテープレコーダーに記録してくれるよう、J・Mに頼んでもらった。彼は承諾した。

いくつかの日付や、ペール＝ラシェーズ墓地に眠る入り混じってしまった諸々の名前を解きほぐすことは最後までできなかったものの、それ以外のことについて彼は忘れてはいなかった。[23]

デュラスは、すでに消えかかっている物語の再構築をここに試みる。「テープレコーダー」の存在が時代を刻印しているとも言えるが、『ナイト号』の物語の根底を支えていたのが「語る声」であったことに、注目してもよいだろう。青年J・Mもまた、「語る声」に耳を澄ます人物として描かれている。彼は、Fの状態を声だけで聴き分けることができるようになっている。

――最後の頃になると、彼女はほとんどいつでも床に臥し、死に向かっていた。四六時中、点滴注入を受けている。ときおり通話中に、意識が遠のくようになる。

――彼は彼女の声から、そのことが分かる。彼女の声という声を聴き分ける。床に臥す彼女の声。

死に向かう彼女の声。

罠にかかった、あるいは子供のような彼女の声。
――熱愛する父親について話すときの彼女の声。
客間にいるときの彼女の声、嘘をついてる彼女の声。
――欲望のために変質し、響きを押し殺した声。
――激しい不安を抱く声。
彼女はもはや彼に嘘をつくことができない。[24]

Fの発する〈声〉のアクチュアリティーは、これに注意深く耳を傾ける青年J・Mにとって、聞き分けなければならない重要マターである。とは言え不思議なことに『船舶ナイト号』は、電話を通した出会いを扱ったテクストでありながら「声」の現前性をより描出しやすいと思われる会話部分が少なく、大半は地の文で記されている。語りがテクストを占め、会話部分は全テクスト中、四カ所しかない。その四カ所すべてで、現在時制は影をひそめ、冒頭の会話文のように大過去形が用いられている。原文で確認してみると、第二の会話部分でも大過去形を用いた「あなたに言っておきましたね［Je vous avais dit］」が二回くり返されていることが分かる。

——他の人たちもよりずっと前にホテルを出て、午前十一時頃にはそこに着いていたとあなたに言っておきましたね。〔……〕

——ええ。

——ご覧になるべきよとあなたに言っておきましたね。ご覧にならなくては、と。[25]

さらに三カ所目の会話部分でも同様に、「あなたに言っておきましたね〔Je vous avais dit〕」の一文が現れる。

——市美術館のこの広大さのなかで、後半に位置するふたつの部屋の間にそれ〔アテナ像〕があると、一九六〇年にピレウス港で発見された銅製の馬の骸骨が展示されている部屋のすぐ手前に、その像が置かれているとあなたに言っておきましたね。[26]

四カ所目の会話では、主語が「あなた」に代わってはいるがやはりここでも、大過去形の一文「あなたは話していましたね〔Vous aviez parlé...〕」が二回くり返される。

――あなたは海のことも話していましたね。

――ええそう、おそらく……。テッサロニキの海岸通り沿いに死んでいる鼠たち……、アニスの実の香り……、ウーゾ酒の香り……、泥の香りもまた……、海の果ての香り。

――あなたは映画のことも話していましたね。

――ええ……、映画……、映画は撮影されなかった……。人々が、ここにいたでしょうに。ここで彼らを見つけたでしょうに、ひどく人を夢中にさせてしまうような、皆に共有される考察に没頭してしまった人たちが……。

――それからこの考察は急に、中断されてしまったのかもしれない……、あるいはたとえば死によって、中断されてしまったのかもしれない。[27]

この最後の会話文冒頭でも、主語が「あなたに」に変更したとは言え、大過去形が継続して用いられていることが分かる。ところが「映画」への言及ののち、突如大過去形が「人々が、ここにいたでしょうに〔Il y aurait eu des gens, ici〕」と条件法過去形へとスライドしてゆく様が見られる。最後の四カ所で用いられる条件法過去（引用で傍点を付した後半四カ所の部分）が、テクスト『船舶ナイト号』の辿り着く終着港となってゆく。直接法大過去から条件法大過去への移行によってテクストが閉じられるというのは、まさにデュラスらしい構成と言えるが、デュラス作品で用いられる条件法についてはすでに議論がなされているため、(28) ここではエクリチュールにおける〈声〉の現前性へと結論に移ってゆきたいと思う。

物語の喪失という現前性に触れるエクリチュール

一九七七年に語られた物語が、映画として、テクストとして再生する。デュラス作品は、いかなるテーマであれ、みずからの忘却を恐れて始まると言えよう。『ヒロシマ・モナムール』、『かくも長き不在』、『愛人ラマン』あるいは『インディア・ソング』もまた、正確な記憶の喪失という不安から逃れられない。『船舶ナイト号』を生み出したJ・Mの実話も、すでにみずからの消失――完全に物語を構築することはできない――という、もつれて解きほぐせない闘いのなかにいる。語りという時間軸のなかで時を刻印する〈声〉を通して語られる『船舶ナイト号』が、忘却の海へと沈まぬよう、作家は記憶を押し留める。他方でみずからの存在を疑い始めた物語は、消失の恐怖で作家を満たしてゆく。プレイヤード版の『船舶ナイト号』の注においてベルナール・アラゼは、デュラス作品における物語とその忘却の共存について言及している。

デュラス作品においてはよくあることだが、物語は現実に対する疑いを生み出すような時間の遅延のなかで語られ、J・Mの思い出を通して少しずつさまざまな逸話が、正確な年代順に並べられることなく再構築されてゆく。[29]

アラゼは『船舶ナイト号』において、実話が物語として再構築されるまでに刻まれた時間的な距離が、まさに物語を生む原動力となっていることを指摘している。このような「時間の遅延」がもたらすみずからへの疑いは、経験のリアリティーのなかに、すでに内在化されたかたちで存在しているとも言えるだろう。〈声〉が疑いを内包するがために、その疑いを通して声の現前性は揺さぶられ、みずからへの疑いを含んだリアリティーが〈幻前性〉へと昇華する。記憶を語ることによって〈声〉は存在しうるのだが、みずからの忘却に触れなければ、エクリチュールだけが十全に組みこむことのできるような〈幻前性〉を体現しえない。物語が始まるとすれば、それはみずからを疑うためであり、その瞬間こそを作家は待ちつづける。それはある種、みずからの声を記憶のなかでかき消してしまう方法でもある。デュラス作品に耳を傾けること、それは〈幻前性〉が示すこのような疑いに耳を傾けることと言えるのかもしれない。

［注］

（1）Marguerite Duras et al., in Dominique Païni, dir., *Marguerite Duras*, Cinémathèque française, 1992, p. 13.

（2）*OC2*, p. XIX.

（3）*Les Lieux de Marguerite Duras* (1977), *OC3*, p. 192.

（4）*Nathalie Granger* (1973), *OC2*, p. 1385.

（5）*La Musica* (1965), *OC2*, p. 507.

（6）*La Femme du Gange* (1973), *OC2*, p. 1431.

（7）*India Song* (1973), *OC2*, p. 1521-1522.

（8）*Les Yeux verts* (1980), *OC3*, p. 705.

（9）*Duras / Godard Dialogues* (entretien de 1979), Post-éditions, 2014, p. 15.『ディアローグ　デュラス／ゴダール全対話』、シリル・ベジャン編、福島勲訳、読書人、二〇一八年、二〇頁。

（10）*Ibid.*, 13. 同前、一七頁。

（11）Gilles Deleuze, *Cinéma II*, Éditions de Minuit, 1985, p. 335. ジル・ドゥルーズ『シネマ2』、宇野邦一他訳、法政大学出版局、二〇〇六年、三五三―三五四頁。

（12）*Ibid.*, p. 334. 同前、三五三頁。

（13）*Idem.*

（14）« À propos de Marguerite Duras », entretien avec Hélène Cixous (*Cahiers Renaud-Barrault*, 1975), repris dans Michel Foucault, *Dits et écrits I 1954-1975*, Gallimard, 2001, p. 1634-1635. ミシェル・フーコー／エレーヌ・シクスー「マルグリット・デュラスについて」、中澤信一訳、『ミシェル・フーコー　思考集成Ⅴ』、筑摩書房、二〇〇〇年、三九一―三九二頁。

(15) *Les Lieux de Marguerite Duras*, *OC3*, p. 238.

(16) *Idem.*

(17) *Ibid.*, p. 236.

(18) *Le Camion* (1977), *OC3*, p. 304.

(19) *Le Navire Night* (1979), *OC3*, p. 452.

(20) *Ibid.*, p. 453.

(21) *Idem.*

(22) *Ibid.*, p. 455-456. 傍点引用者。

(23) *Ibid.*, p. 449.

(24) *Ibid.*, p. 482.

(25) *Ibid.*, p. 471. 傍点引用者。

(26) *Ibid.*, p. 476. 傍点引用者。

(27) *Ibid.*, p. 485. 傍点引用者。

(28) Jean Pierre Ceton, *Entretiens avec Marguerite Duras*, François Bourin Éditeur, 2012 や関末玲、« *Hiroshima mon amour*, histoire construite entre le fictionnel et l'autofictionnel »（愛知大学語学教育研究室紀要『言語と文化』、第三六号、二〇一七年、六一—七一頁）などがある。

(29) Bernard Alazet, notice du *Navire Night*, *OC3*, p. 1660.

声とまぼろしの風景
——デュラス、ストローブ＝ユイレ、ポレ、足立における移動撮影

橋本知子

はじめに

四つの映画が、声をめぐって引き寄せあうとすれば、それは果たしてどのような瞬間なのか。声と視線のふたつを通してラディカルな試みがなされている四つの映画を対置させてみたい。それは、マルグリット・デュラスの『トラック』（一九七七）であり、ジャン＝マリー・ストローブ／ダニエル・ユイレの『早すぎる、遅すぎる』（一九八一）であり、ジャン＝ダニエル・ポレの『地中海』（一九六三）であり、足立正生の『略称・連続射殺魔』（一九六九）である。四作品の共通点として、まず音と映像の乖離が挙げられる。ヴォイス・オーヴァーでかぶさる声は必ずしも映像に一致しない。また声の主体がスクリーン上に現れることもない。そのため、不明瞭な存在として、

声が響くことになる。次に、そうした声に導かれ、観る者はいずれも、映像に現れるもの以外のものを想像することが求められる。映像によってではなく、言葉のみによって何かを目のあたりにさせること、音と映像の乖離にはこうした言語による喚起力が賭けられていると言えるだろう。

スクリーン上にとある風景が映し出されるとき、そして、とある声が映像とはかけ離れたものとして重ねられるとき、風景はもはやそれそのものではない。この四作品には、見知った街、未だ訪れたことのない街、忘れられた街、あるいは見出された街など、さまざまな街の姿が現れる。デュラス『トラック』の、パリ郊外のありふれた風景とそこに広がる白い冬空は、条件法過去で語られる物語によって、徐々に異なる様相を帯びてくる。ストローブ＝ユイレの『早すぎる、遅すぎる』では、バスチーユ広場を旋回するカメラとそこにかぶさる朗読の声によって、パリの街角に異化効果が与えられる。ジャン＝ダニエル・ポレの『地中海』では、ナレーションで読みあげられる散文の言葉の魔力により、海の紺碧と廃墟の白さがことさら際立ってくる。足立正生の『略称・連続射殺魔』では、声の雄弁と沈黙とによって、一九六〇年代の日本列島という失われた風景がふたたび見出される。ときに映像に連動し、ときに乖離するこうした声は、言葉の物質性そのものによって、風景のなかにまた別の空間を立ちあがらせ、そうして観る者は、新たな地平の開かれを凝視することになる。

それはまた移動するカメラによってさらに加速化する。動き、走り、急ぎ、立ち止まり、そしてまたふたたび走りだす自動車の動きは、観る者の身体に軽快さをもたらす。特に、トラヴェリングが同軸上移動となり、「ファントム・ライド〔phantom ride〕」――主観カメラのポジション――をとるとき、画面は幽霊のごとき足どりとともに映し出され、一方、切り返しショットが不在なまま、視線の主体は明かされず、代わりに、観る者のまなざしが幽霊的存在と重なり合うことになる。ヴォイス・オーヴァーの言葉がそこに加わると、作品の審級として響く声にうながされ、観る者のまなざしは、このとき、前へ、前へと進みながら、見えるものと想像されたものの混沌のなかを突きぬけてゆくだろう。

こうした声と視線の融合状態に注目してみよう。四つの作品は、場所も時間も異なるとはいえ、奇しくも、移動カメラの運動性によって、また声とトラヴェリングの在り方によって、結びつけられる、なかでも、デュラスの映像作品は、声による表現可能性の極限を示している――そうした点について、見てみることにしよう。

離れる声、近づける声――マルグリット・デュラス『トラック』

ひとつの声が映像をかけめぐる。それは、いぶし銀のような声、ときにかすれて重々しく、ときにみずみずしく響き、力強い。すぐに作者のそれと分かる『トラック』の声は、ジョエル・パジェス＝パンドンの言うように、ミメーシスとディエゲーシスの中間地帯にある。つまり、再現としての声、トラック運転手とヒッチハイクでやってきた見知らぬ女性の会話を、彼らの交わした言葉をなぞりながら聞かせる声であり、それはまた、語りという媒介を通して間接的に伝えていく声でもある。いずれにせよ、ここで語られる言葉はその起源をつねに曖昧にしたままであり、あらゆる同一性を拒否するかのように、あたかも「己以外のものであること、あるいは、己以外を通して己自身になること」[1]を求めているかのようにして現れる。曖昧な声は、よって、画面のなかに現れる事物と照応関係を持ちえない。映画『ガンジスの女』（一九七四）の脚本に冠された序文で、作者デュラスは「映像による映画」と「声による映画」の二分法について説明していた。そうした二分法の実践としてある『トラック』の声は、会話劇を画面展開ではなく言葉を介して伝えるため、観る者は視覚よりもむしろ聴覚に集中することを強いられる。

音と映像の乖離には、ふたつの離れた空間という作品上の設定もまた関わっている。一方で冬空の下、パリ郊外イヴリーヌをトラックは走りゆき、他方では、「暗い部屋」と呼ばれる場所でマルグリット・デュラスとジェラール・ドパルデューのふたりが脚本を読みあげている。脚本とはトラック運転手とヒッチハイクでやってきた女性とが交わす会話についてのものである。会話の内容を伝えるのは、フレームの外からかぶさってくる声[2]〔voix acousmatique〕、主体が画面上に表されることのない声であり、よってトラック内にいると想定されるふたりの登場人物が一体どのような姿をしているのか、視覚的に明らかにされることはない。また、デュラスの言うせりふ「それは海岸沿いの道路でのことだった[3]〔Ç'aurait été une route au bord de la mer〕」が条件法過去で書かれているため、トラック運転手とヒッチハイクの女性をめぐる海岸道路での物語は「かつてそうであったかもしれないもの」として、その虚構性が強調される。さらにはふたつの空間、トラックの走る場面と、トラックについてデュラスとドパルデューの語っている場面の関係も不明瞭なままである。このふたつの空間は交互に映し出されるが、あくまでも「(物語的)論理的な結びつきではなく、類似的な結びつき[4]」に基づいているため、無言のまま郊外を走るトラックと、デュラスとドパルデューの話題としているトラックが、果たして同一なのかどうか分からない。音と映像の剥離、ふたつの場面の不一致という『トラック』にみられる二重の意味での非接合性はこうして、ショット間の連続や物語の内的整合性に裏づけられた古典期ハリウッド映画とは対極にあるものだということが分かる。

しかし、デュラスの『トラック』には連続性を担保する演出もまたなされている。たとえば、移動カメラが「暗い部屋」を横ぎる場面について見てみよう[5]。画面は、陽光のさしこむ明るい窓(これは別世界への開かれの象徴でもある)と、デュラスの顔とを映し出し、そこへヴォイス・オーヴァーがかぶさって、次に言葉による風景描写がなされる。すでに指摘されているように[6]、ここでのデュラスの声による風景描写には直示表現〔déictique〕が用いられている(「ここに丘がある。〔……〕そこに海がある[7]」)ため、話す主体の定点位置が前提とされ、そこから敷衍される空間関係もまた規定されることになる。よって、結果として、「ここ」としてのデュラスとドパルデューのいる「暗い部屋」と、「そこ」としてのトラックが走る舗装道路とを結びつけるような力学が働くことになる。海の風景が立ちあがるのは、そのため、発話のなされる空間「暗い部屋」であると同時に、登場人物であるヒッチハイクの女性の眼前、つまり彼女を乗せたトラックの走る空間でもある。さらには、語り手と登場人物のパラレルな関係も両者を結びつけるよう機能している。デュラスが「暗い部屋」という閉じた場所に位置しているのと同様、ヒッチハイクの女性もトラックの内部に身を置いているのであり、実際そうした空間の閉鎖性はナレーションのなかでも明らかにされている（「彼らは車のなかに閉じこめられている。外からの光に脅かされるようにして[8]」）。またデュラスはインタヴューでも、自身と登場人物との緊密な関係について言及している（「彼女を通して私は見る。〔……〕私は彼女を呑みこむ。〔……〕彼女の見るものを私は見る[9]」）。このように、音と映像の剥離を特徴とするデュラス作品では、語りの空間と語られる空間とはたしかに分離してはいるが、一方で、言葉の次元において、両者は連結してもいることが分かる。そうした連結を示す指標が、映像の次元でどのように現れているかを、次に見ていくことにする。

第一の指標として、音の編集が挙げられる。「暗い部屋」での会話シーンと、その会話で語られるトラックの姿が交互に表されるが、一方のシーンが終わる直前に他方の音がかぶさるよう音の編集がなされているため、ふたつの異なる空間に連続性が保たれることになる。たとえば、デュラスとドパルデューのツー・ショット（**図1**）の上にベートーヴェンの音楽が流れ、ピアノ曲が持続したまま、トラックが郊外を走る次の画面（**図2**）が映されるため、音が異質な空間同士を結びつける役割を担っていることが分かる[10]。

このように、編集上、音が響いてくる少し後にカッティング・ポイント（次のショットや場面に

図 1　マルグリット・デュラス『トラック』(0 :25 :24)

図 2　マルグリット・デュラス『トラック』(0 :25 :25)

移行する箇所）が置かれているため、語る空間と語られる空間とがひとつに結びついているかのような演出となっている。異なる次元のショットや場面につながりを持たせ、作品世界に連続性をもたらそうとするこうした編集法は、ごく一般的に物語映画で用いられている手法であり、よって、実験性で名高いデュラスにこうした編集方法が採用されていることは、古典的リアリズム映画に対置するとされているデュラス作品の、また別の一面を見みせてくれるものと言える。

第二の指標は作者自身によるナレーションに関連している。デュラスの特徴的な声は、その主体がスクリーン上に現れなくても、響くやいなやすぐさま同定されえるため、作品内での「私」は作家デュラスを指し示し、声が作家デュラスの生身の体に直接結びつくことになる。そうしたデュラスの声がおびる自己同一性についての、ジャン＝ピエール・マルタンの言を引用しておこう。「自我が恍惚状態〔ravissement〕におちいり、みずからによって自我を連れ去る状態〔ravissement〕にあるデュラスの自己は、あらゆる心の苦しみとあらゆる暴力とが集積する場であり、みずからの主権を声高に主張している。[11]」さらにそうした側面は、作者自身によるナレーションによってもまた顕著となる。声の主体を画面に見せないヴォイス・オーヴァーはときとして、作品に対して超越的存在としてふるまうことがあり、パスカル・ボニッツァーは、そうした傾向が作者によるナレーションの場合に特に強められることを指摘している（「ヴォイス・オーヴァーは、たとえばイマージュの配置に関わるといった、ある権力を再現／代表している[12]」）。声が作者の署名として機能するデュラス作品において、それは無関係でないだろう。作家デュラス、語り手デュラス、登場人物を演じるデュラス、等々、異なる次元のあちこちに姿を見せるデュラスは、特徴的なその声によって通奏低音そのものとなり、物語を進行させると同時に、かけ離れた位相同士を、まさしく声の磁力によって引き寄せるのだ。

こうしてデュラスの多義的な声によるヴォイス・オーヴァーは、ときに映像と乖離し、ときに重なりあい、ときにショット間を貫通し、ときに観る者の心を揺さぶることになる（ミシェル・コローの言をかりるなら、デュラスの映画作品においては、「言葉と映像が交錯するなか、言葉が私たちに見せ〔voir〕、私たちを感動させる[13]〔émouvoir〕」）。また、デュラスの語りのなかには間投詞句「ほら（見えるでしょう、分かるでしょう〔vous voyez〕）」が反復されるため、観る者はつねに想像力を介してそこに何かを思い浮かべるよう促されている。こうした間投詞句は作品の入れ子構造にも関わっている。『トラック』では、画面外から現れる声によって物語が展開し、その物語のなかで、ヒッチハイクの謎めいた女性が物語を語る、というように、枠のなかにまた別の枠が設定されているのだが、声のなかに声が響くこうした多重空間を通して、何かがいま・ここに現れようとする決定的瞬間が導かれるのであり（ミシェル・コローはそれを「詩」と呼ぶ――「詩が見せるのは、現れるということそれ自体なのです[14]」）、そしてまた、思弁的な空間、いわば、「潜在的な、より広くより深い、想像上のもの、別の構造へと移行し、スクリーン上にはまだ現れていない、来るべき、想像力によってなされた映画[15]」が生じる契機ともなる。スクリーンを見つめ、言葉に耳を澄まし、言葉がイマージュを生じさせる過程に立ちあう観客は、よってある意味、ひとりひとりが作品の共同制作に関与しているとも言えるだろう。
『トラック』のなかで、冬空が「灰色」ではなく「白」と形容されていることに注目してみよう[16]。「白い」という形容詞の選択を前にして、観る者はとまどいを感じると同時に、それが論理的であることにもまた気づかされるだろう。デュラスはインタヴューのなかで、風景が内面に対応していることを明らかにしている（「このトラックは心象風景なのです。あなたが頭のなかで想像したトラックのイメージであり、そのトラックが道のりをたどっていくのを私たちは目にするのです[17]」）。空の白さとは、よって、何よりもまずスクリーンの隠喩であり、心象風景として、さまざまな事物が投影される場にほかならない。アンヌ・クソーの言うように、おそらく、「風景を見つめることは、現実なるものをかたちづくる生々しい物質性をとらえること、そしてそれを理解しようとすること[18]」なのだろう。

空の広がりを前にして、複数の視線が重ね合わせられる。それはヒッチハイクの女性がいままさに見ている空の白さでもあり、彼女が見たかもしれない空の白さでもあり（「彼女は見覚えがある、と言った［……］いま見ているものを見たことがある、と[19]」）、あるいは、精神病院への入院がほのめかされていることから、混沌とした思考に浮かびあがる、盲目の目がとらえた、狂気の証左としての空の白さでもある。またモニク・マザの言うように、真っさらなページの白さ、流星のごときトラックが駆けぬけ、けれども筆跡があとに残されることはなく、すぐに消されてしまうといった、エクリチュールの困難さを表す比喩としての白さでもある[20]。

図3　マルグリット・デュラス『トラック』(0:18:11)

こうした「白」の多義性は、トラックをめぐるショットが二通りの方法で撮影されていることにも関連している。デュラスは、「走りゆくトラック」と「見るトラック」とを区別していた[21]。つまり、トラックの姿を外からとらえた映像と、トラックのなかにいる登場人物の視点を通して見た映像の二種類であり、後者には移動撮影、主に横移動が用いられる。しかしときとしてカメラは位置を変え、同軸上移動のポジションをとり、主観カメラの姿勢から、長回しショットによって、空間の広がりを映し出す[22]。このとき観る者はカメラにまなざしを同一化させ、風景を――しかも、静的な風景ではなく、刻一刻と変化し、いままさに迫りくる「動く」風景を――真正面からとらえることになる(**図3**)。

トラックの運動性は、こうして、同軸上移動のカメラによって観る者に直接伝えられることとなる。モーションとはすなわちエモーション〔motion/emotion；mouvoir/émouvoir〕なのだとすれば、スクリーン上の動きは観る者の心の動きに呼応し、真正面に広がる風景を通して、軽やかさといった身体感覚、またそこから派生する生理反応や意識反応が引き起こされることになる。メルロ＝ポンティを援用するヴィヴィアン・ソブチャックが言っているように（「私たちの生きた身体は、スクリーン上で重要となっている事物に、官能的に関わっている」(23)）。またジェニファー・バーカーが言っているように（「登場人物の、俳優の、観客の、映画の身体はすべて実体なのであり、態度や意志は身体化された行動によって表される」(24)）。

切り返しショットの不在もまた、そうした一体化に関わっている。風景をとらえる登場人物たちの視線が、たしかにそこにある。けれども、視線の出処であるはずの本人たちの姿が映し出されることはない。見る主体と見られる客体、ショットと切り返しショットの、一方なきところへ、他方だけが存在し、風景はこうして、顔のない目、幽霊的なまなざしのとらえたものとして、スクリーン上に映し出される。身体を欠いたまま、視線だけがただそこにある。ヴォイス・オーヴァーが重なり、声の導きによって、言葉の喚起力によって、幽霊的なまなざしに、いま・ここに存在しないものを目のあたりにさせる。声は、あるものを聞かせ、あるものを見せる。デュラス『トラック』の同軸上移動カメラがとらえるのは、こうした、言葉とイメージ、声と視線とがとけあった状態、そこからもたらされる運動性との擬似一体感にほかならない。

ジャン＝マリー・ストローブとダニエル・ユイレによる『早すぎる、遅すぎる』（一九八一）でもまた、同じように喚起力にみちた声が聞こえてくる。ドキュメンタリー映画の形式をとるこの作品の、前半ではフランスの都市部と地方が、後半ではエジプトが映し出され、ナレーションによってテクストが読みあげられる。それはエンゲルスがカウツキーに宛てた書簡であり、地方都市の貧困についての報告書であり、またエジプトにおける農民蜂起の歴史を語ったマフムド・フセイン著『エジプトの階級闘争　一九四五―一九六八』である。

この映画の主役は人物ではなく風景である、と言ったのはセルジュ・ダネーであった（『早すぎる、遅すぎる』に俳優がいるとしたら、それは風景である[25]）。アンドレ・バザンの映画理論「存在論的リアリズム」の影響下にあるストローブ＝ユイレは、モンタージュを極力排し、同時録音にこだわり、あらゆる媒介を避けることで、「現実」に近づこうとする。よって、劇的効果とは対極にある、きわめて禁欲的な演出のもと映画は撮影され、風や、木々や、空や、野や、街の喧騒といった自然が、澄みきった目のようなカメラを通して映し出されることになる。

こうしたストローブ＝ユイレの作品では、何よりもまず時間の持続、ある厚みを持った時空間が重要となってくる。その一例として、『早すぎる、遅すぎる』の冒頭を見てみよう。ある晴れた日

図4　ジャン＝マリー・ストローブとダニエル・ユイレ『早すぎる，遅すぎる』（0 :03 :06）

のバスチーユ広場が、三六〇度旋回する移動カメラによって映し出されている[26]（**図4**）。

回転運動のなかにバスチーユ広場がとらえられ、一方、女性の声――監督その人のものとすぐに分かる声――がエンゲルスの手紙を読みあげる。エンゲルスによると、労働者階級は革命を起こすには来るのが早すぎ、権力を掌握するには来るのが遅すぎるのだという。ストローブ＝ユイレ作品の題名はそうしたエンゲルスの言に由来している。ここでテクストを読みあげるダニエル・ユイレの声は、二〇世紀のバスチーユ広場を映し出すスクリーンと齟齬をきたしている。しかし、力強く、経文を読みあげるかのような荘厳さを湛えた声――そしてかぎりなく清らかな声――は、まさしくその透明さによって、見慣れたはずのパリの風景を異なる様相の下に差し出し、旋回するカメラが、まるで動いているのは観る者の方であるかのような、めまいの感覚を引き起こす。ジャック・オーモンの言うように（「記念柱の上にある金色の彫像のまわりを廻っているのは自分だった[27]」）。

移動カメラのもたらす速度と軽やかさによって、観る者の目は「私」を忘れ、カメラの目となる。このときまなざしは、ヴォイス・オーヴァーの語りによって革命の記憶の方へと導かれ、現代の風景を通して、かつてのバスチーユ広場に思いを馳せることになるだろう。ストローブ＝ユイレ作品について、ドゥルーズはかつてこう言ったのだった。「空隙にみちた重層的な風景と、そして、過去の出来事がもたらす抽象的曲線を、パノラマ・カメラがたどっていく。[28]」観る者の目に差し出されるのは、忘却に抗って、いま・ここにある風景の上に多重露光のようにして浮かびあがる、抵抗の歴史と歴史の抵抗にほかならない。

見せる声、消えゆく声――ジャン＝ダニエル・ポレ『地中海』

ジャン＝ダニエル・ポレの『地中海』（一九六三）においてもまた、声は主観カメラと結びついて、遠い記憶に注意をうながす。フィリップ・ソレルスがテクストを書き、ゴダール『気狂いピエロ』の音楽で知られるアントワーヌ・デュアメルが音楽を担当した本作品は、ドキュメンタリー映画のかたちをとってはいるが、しかし、できるかぎり事物や出来事を忠実に映し出そうとする「シ

図5　ジャン＝ダニエル・ポレ『地中海』(15:19)

ネマ・ヴェリテ」の手法とは一線を画す。ナレーションは時折はさまれるにとどまり、多くの場合、画面には沈黙が流れ、あたかも「語りたいという欲望を抑えるかのように[29]」語り手は口を閉ざし、代わりに、雄弁な映像のつらなりがスクリーン上に溢れ、つづいていく。

この作品では、青い空、白い雲、まぶしい太陽といった観光名所的なギリシャと、形而上学的・幻想的なギリシャとが交互に現れる。目まぐるしく変化する画面には、ギリシャをくまなく探索し、西洋文明の起源としてのこの国のその最も奥深いところまでたどり着こうとする、考古学的興味をも感じさせる。ギリシャへのノスタルジックな憧憬はまた、ゴダールによる映画評にも表れている。「今日、私たちはギリシャについて何を知っているだろうか、私たちがそこで何千年も前に誕生したということ以外に、私たちは己について何を知っているだろうか[30]。」カメラはたえず移動し、風雨にさらされた廃墟の石、ブロンズ像のかがやき、たわわに実るオレンジ

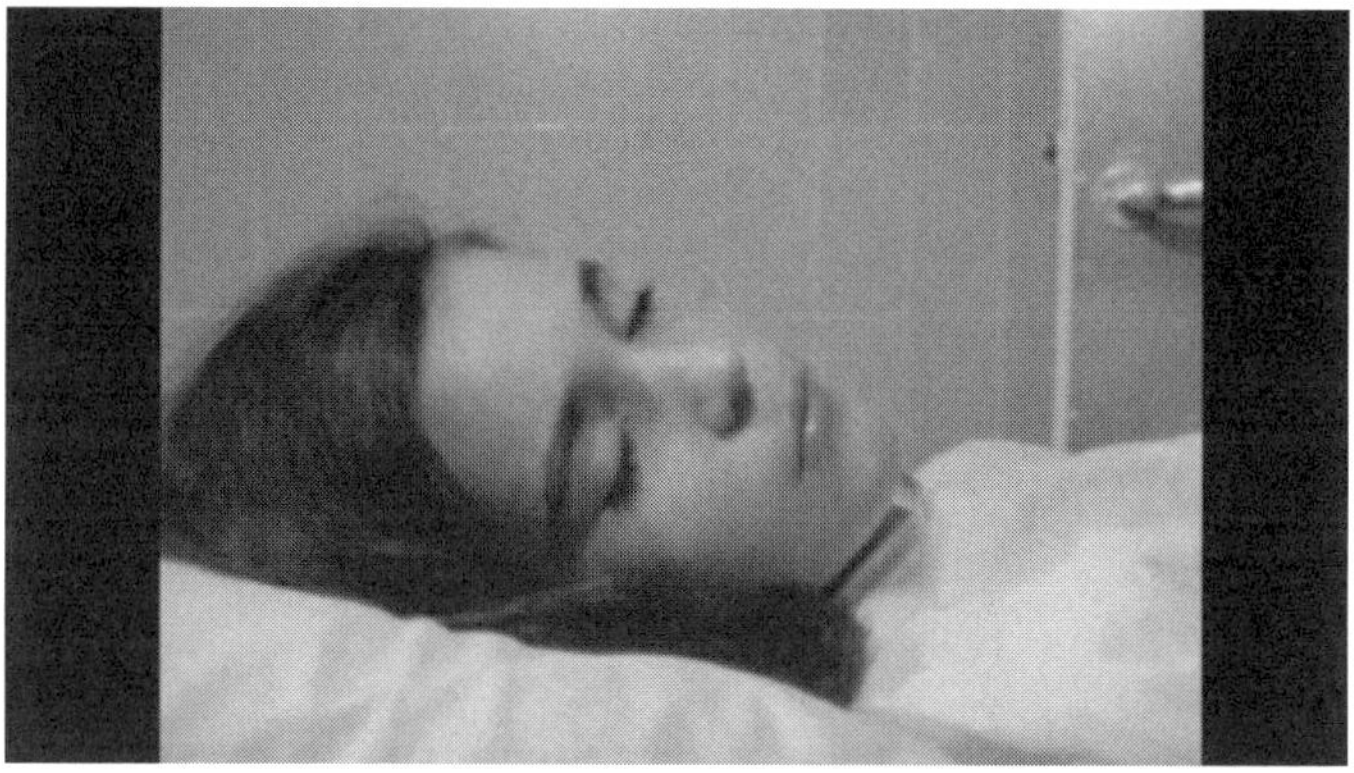

図6　ジャン＝ダニエル・ポレ『地中海』（15 :20）

図7　ジャン＝ダニエル・ポレ『地中海』（09 :54）

の木、髪をとかす海岸の少女といった、地中海の風景を映し出す。そこへまた別のイメージが重ねられ、手術室に横たわる少女や、血まみれの闘牛といった、エロスとタナトスのどこかしら不気味な像が組みこまれる[31]（**図5〜7**）。

ドミニク・パイーニはこの作品に見られる間テクスト性として、ヘルダーリンの『ヒューペリオン』、およびゴダールの『軽蔑』との関連を述べている[32]。ヘルダーリンの同作品は、ロマン主義時代に書かれた書簡体小説であり、主人公ヒューペリオンが、ギリシャ独立戦争を機に愛国心に目覚め、自然の偉大さを再認識するという物語である。ポレの『地中海』との共通点は、古代文明のはかなさと永遠とが見出されること、そうした永遠なるものと接続していたいと主人公が願うこと、である。主人公のこうした願いは、終盤、エンド・ロールが現れず、いわばオープン・エンディングのかたちで映画が終わっている点にも表れているのだという。またポレの『地中海』はゴダールの『軽蔑』とも親和性を示している。なぜゴダールはポレのこの作品を絶賛したのか。両者とも一九六三年に撮影され、地中海を舞台としている。『軽蔑』をいま一度思い出してみよう。これは映画撮影についての映画であり、映画についての思索の映画でもあった。ミシェル・ピコリ演じる脚本家は、ある日突然、ブリジット・バルドー演じる妻に、嫌悪の念を抱かれることになる。一方、撮影されるのはホメロスの『オデュッセイア』、フリッツ・ラングが監督役で登場する。葡萄色の海、かがやく日の光といった、典型的な自然描写のなか、主人公は自問する。それはまたゴダールにとっての問いでもあった。つまり、神なき時代にあってどのように映画を撮るのか、と。監督役を演じるフリッツ・ラングは、生きた神、しかしあくまでも老いた神、最後の巨匠として現れる。スタジオ・システムが崩壊し、古典的ハリウッド映画の黄金期が過ぎ去った後、ゴダールはこうして「他者」のなかに「自己」を見出し、神々の時代に思いを馳せる『地中海』のなかに、そして映画の眷属としてのポレのなかに、まさしくみずからと同じメランコリーの匂いを嗅ぎとるのだ。

ポレの『地中海』に戻ろう。この作品はドキュメンタリーのかたちをとってはいるが、海の風景のすぐ後に、手術台に横たわる少女の姿がつづくというように、虚構性の強い、幻想的な映像もまた含んでいる――そして少女が果たして眠っているのか死んでいるのか、分からない。少女のまわりを廻りつづける移動カメラは、視線が誰のものかを明らかにせず、正体不明のまなざしのまま、ギリシャの街を映し出す。謎めいた視線については、ソレルスによるテクストにすでに示されている。

見知らぬ記憶はかたくなに逃げ去っていく、さらに遠い時代へと。(33)

こうして、西洋文明の起源をたどる旅としてのポレの『地中海』は、「見知らぬ記憶」という非経験的な記憶をたどる旅、虚構のなかの記憶をたどる旅となる。ギリシャという都市のあちこちを逍遥する〈カメラ＝目〉もまた、虚構のまなざしとなり、ナレーションの声が語っているように、想像上の視線となるだろう。「かつての場所を見出したかのように思える」とあるように、それはあくまでも「そう思える」にすぎない非現実のまなざしであり、「盲目状態はますます高まりゆく」という句や、「視覚のないところで目にされた数々の事物」という句にあるように、目は見ていると同時に、見てはない。そうしたまなざしが別次元のものであることは、次の句からも明らかである。「すべては次元を変えるにちがいない。」そしてラスト、このまなざしは消滅する（「徐々に失われ、遠のいて行く、ただひとつの点でしかもはやない」）[34]。漸進的変遷「徐々に〔de plus en plus〕」は、映画冒頭の「ますます〔de plus en plus〕」に呼応し[35]、よって、現在から過去へとさかのぼる運動として始まったポレの『地中海』は、まなざしが消失点のなかに消える瞬間で幕を閉じることになる。移動カメラと一体化した観る者の視線は、こうしてみずからも幽霊的存在となり、声のひびきに導かれて、ついには消失点のなかに吸いこまれていく。後には、ただ、不在の感覚と、虚空だけが、残される。

逃走線と静かな声――足立正生『略称・連続射殺魔』

同様の試みはまた、足立正生[36]の『略称・連続射殺魔』（一九六九）でもまたなされている。当時「連続射殺魔」と呼ばれた永山則夫の足跡をたどるこのドキュメンタリー映画で、足立は、永山の生い立ちや逃走経路に関わる場所を追ってゆく。北海道網走生まれの永山則夫（一九四九―一九九七）は、幼くして働き始め、集団就職として上京してからは、職を転々とする日々を過ごす。つかの間の仕事先のひとつであった新宿の喫茶店ヴィレッジ・バンガードには、奇しくもビートたけしが同じくボーイとして働いていたという。後に永山は、横須賀米軍基地に侵入、盗んだピストルで一九六八年に四人を射殺、そのとき彼は十九であった。一九九〇年死刑判決、一九九七年死刑執行。一方、獄中での生活は一転して文学に染まるものとなる。読み書きを覚え、『資本論』に親しみ、詩と散文を書き始める。日々の思考と迷いを蟻のひしめきのような細かな文字で綴った日記「無知の涙」は一九七一年に出版され、多くの読者を獲得するまでになる。

永山則夫は地理的にも社会的にも流浪の存在であった。少年時代は家出にあけくれ、密航に失敗し、自殺は未遂におわり、北海道からはじまり青森、東京、横浜、大阪、京都を転々とする。足立正生のカメラがとらえようとするのは、めまぐるしく場所を変えるこうした永山の足跡である。あらゆる不要な演出は排され、永山の経歴をごく簡潔に説明するナレーションがわずかに入る以外、声は沈黙しつづけ、スクリーンはひたすら永山が「目にしたであろう」風景を映し出す。それは、永山がかつて「目にしたであろう」風景、あくまでも条件法過去としての風景である。

足立がこの映画のなかで松田政男の風景論を援用していることはよく知られている。松田によると、中央＝豊穣、地方＝荒廃という図式はステレオタイプにすぎず、いかなる風景も資本主義と権力の影響から逃れられることは不可能であり、東京であれ地方であれ、到るところ同一のイデオロギーが浸透し、均質化し平板化した風景が広がっているのだという(37)。

高度経済成長をとげる一九六〇年代、そして風景が均質化される時代、もはや現在の風景がかつての風景と同じではありえない。こうした風景論に触発された足立の映画には、日本列島をいかに捉えるか、という問いが込められている。そして模索しながら、足立はこう語る。「永山が生きてきた空間を追いかけていると、網走、東京、横浜、東海道、大阪、神戸、貨物船の船倉、どこまで行っても、どの都市を訪ねても、同じような街だ、というのが第一印象として消えない。そして、この街の息苦しさはどこから来るのか、息を殺して、佇んでも、目の前の風景は、絵はがきのように美しい。いや、その美しさが、絵はがき的だから、息苦しいんだと分かって来た。[38]」風景映画を撮ることは、足立にとって、風景のなかに美を認めつつも、カメラという実践によって、そうした美のはらむ負の記号へ問題提起を行うことにほかならない。

『略称・連続射殺魔』にはまた、いくつもの視線が重ねあわせられてもいる。スクリーン上に見えるのは、永山の見た風景であり、永山が見たかもしれない風景でもあり、そしてそれはまた、観客それぞれの心的イメージが投影される風景でもある。ドキュメンタリー映画のナレーションは通常、全知全能の声として現れるが、しかしここでは聴覚は視覚に対して慎ましやかにふるまう。禁欲的なナレーションは冒頭と最後、そして中盤のいくつかのショットにかぶさるにとどまり、代わりに、沈黙によって画面を進行させ、沈黙によって多くを見せようとする。一九六〇年代末の日本列島を前にして、ある者はノスタルジーにひたるだろう、ある者はエキゾチシズムを感じるだろう。また看板や駅の表示などの文字情報は字幕として訳されないため、一体いまどこにいるのか、そこに何が映されているのか、まったく解しない者もいるだろう。冨樫雅彦と高木元輝によるフリー・ジャ

図8　足立正生『略称・連続射殺魔』（1:04:48）

ズが断続的に流れ、ある者は抒情的な音に心揺さぶられ、ある者はノイズとして不快を感じ、ある者は無関心を装って聞き流し、ある者は一九六〇年代の熱狂をそこに見出すだろう。声と、その間隙にあらわれる沈黙は、スクリーンにさまざまな記号を氾濫させ、そうしたなか、どこまでも広がるイマージュの洪水は、風景のなかに何を読みとるか、という問題を投げかけるだろう。と同時にまた、自由に思考させるような空白をそこに残しもするだろう。

ここでカメラの運動性について見てみよう。映画はときとして同軸上移動の主観カメラの位置をとり、さらに前へ、さらに前へと進みつづける逃走者の視点から、かつての日本の姿を映し出す[39]（**図8**）。

先へ、先へと進むカメラの運動によって、観客の視線は、あたかも何かを見出そうとしているかのように、奥へ、奥へと運ばれていく。そうしたカメラの足どりは、闘争の記憶をたどりながら、街から街へと移りゆくストローブ＝ユイレの『早すぎる、遅すぎる』と同じものであり、また、永遠を求めて、過去へ、過去へとさかのぼるポレの『地中海』と同じものである。デュラスの『トラック』において、移動カメラのとらえる風景が、観る者に真正面から迫りくることで、そこに映されるものと、それ以外の何かを、目のあたりにさせようとしていたのと同じように。

結びにかえて――「ファントム・ライド」の幽霊的動性

ふりかえってみよう。四作品にみられるヴォイス・オーヴァーは、スクリーン上の展開と必ずしも対応関係にあるわけではなく、またミメーシス的機能を負うものでもなかった。しかし、現実の光景と距離を保ちつつも、枠外から響いてくる声ならではの諸作用――言葉の喚起力、声の物質性、そして、沈黙によってもたらされる効果――を介して、「いま・ここ」以外のイメージが立ちあがる可能性を示唆していた。またそうした可能性は、同軸上移動のトラヴェリングによってさらに高められていた。

映画史に鑑みると、こうした同軸上移動のトラヴェリングは、映画の黎明期にすでに現れていることが分かる。「ファントム・ライド〔Phantom ride〕」と呼ばれる一連の短編映画は、列車の正面につけられたカメラによって近づいてくる風景を全面に映し出し、線路の上の滑走する列車と一

図9　「ファントム・ライド」の最初の例（« Railway Ride over the Tay Bridge »［1897］URL:https://player.bfi.org.uk/free/film/watch-railway-ride-over-the-tay-bridge-1897-online）

体化したかのような錯覚を生じさせる映画であった。「ファントム・ライド」の最初の例は一八九七年アメリカであり（**図9**）、後に流行はイギリスに伝搬する。黎明期の映画は固定カメラが主流であったが、「ファントム・ライド」により新たな運動性がスクリーンにもたらされるようになる。観客を魅了したのは、まさしくその躍動感であり、まるで夢のなかにいるかのような感覚、観客の身体自体が移動しているような高揚感を与えるのだった[40]。

しかし熱狂はそう長くはつづかなかった。一斉を風靡した「ファントム・ライド」はやがて物語に組みこまれるかたちでしか存続しえなくなる。「ファントム・ライド」の登場からわずか二年後に撮影された短編映画『トンネルのなかでの接吻［*Kiss in the Tunnel*］』（一八九九）は、列車に乗った恋人たちがトンネルに入る間に口づけを交わすというストーリーであるが、「ファントム・ライド」はほんの一部分の使用にとどまっ

図10　マルグリット・デュラス『トラック』（1:12:02）

ている。それは映画が物語を必要とし、「ファントム・ライド」のもたらす運動性だけでは作品が成立しなくなったからであろう。技術上の新奇はすぐに廃り、飽きられ、一九一〇年にはすでに「ファントム・ライド」は下火となる。「ファントム・ライド」の技法は長時間の上映と相入れない。同軸上移動のトラヴェリングが十全に効果を発揮するためには、その使用は限定的あるいは刹那的でなければならない。よって、カメラとの擬似一体感や幽霊のごとき視点といった「ファントム・ライド」特有の感覚は、速度、躍動感、視線の一元性を特徴とするだけではなく、同時にまた、はかなさ、一過性、もろさも、属性として備えていると言える。

デュラス『トラック』（**図10**）の、声と目との融合状態が見せていたのは、まさしくこうした「はかなさ」だったと言えるのではないか。声が、聞こえると同時に、気がつけばもうそこにはないように、声とともに立ちあがるまぼろしの風景もまた、私たちの網膜に強烈な像を焼きつけると同時に、すぐさま消え去ることを運命づけられている。緩慢なベートーヴェンのピアノ曲が流れるなか、声とともに、前へ、前へと進みゆくトラックの歩みは、移動するカメラの主観ショットを真正面から映し出すことで、そこに現れるイメージの独自性〔la singularité〕と、それが反復不可能なものであるという一回性〔le singulatif〕とを、一元化された視線〔le singulier〕によってただ一度見せるために、観る者との協同関係を要請していた。デュラスの『トラック』を通して見えてくるもの、それは、現前すると同時に不在でもあり、持続すると同時につかの間でもあるという、イメージに内在する逆説性にほかならない。こうして、作者と登場人物と観る者とそして映画作品それ自体とは、何もない、誰もいない冬の郊外を走りぬけながら、あるときふと、白い空を前にして、まなざしを重ね合わせることになる——たとえほんの一瞬のことにすぎないとしても。

［注］

（1）Joëlle Pagès-Pindon, *Marguerite Duras*, Ellipses, 2001, p. 24.

（2）Michel Chion, *La Voix au cinéma*, Éditions de l'Étoile / Cahiers du cinéma, 1993(1982), p. 14.

（3）Marguerite Duras, *Le Camion*, *OC3*, p. 267.

（4）Liesbeth Korthals Altes, « "Tout est dans tout" — essai d'analyse du métadiscours dans *Le Camion* de Marguerite Duras », *La Littérature et ses doubles*, Leo H. Hoek (textes réunis par), *CRIN*, 13, 1985, p. 38.

（5）Marguerite Duras, *Le Camion* (film), Éditions Benoît Jacob, 2001 (1977), 0 :12 :24 - 0 :13 :54.

(6) Liesbeth Korthals Altes, art. cit., p. 40-42.
(7) Marguerite Duras, *Le Camion*, *OC3*, p. 299.
(8) *Ibid.*, p. 284.
(9) « Textes de présentation », *ibid.*, p. 305. 語りの空間と語られる空間との間を行き来する作品構造については次を参照のこと。Florence de Chalonge, « Le paysage, le dehors et le tout. *Le Camion* de Marguerite Duras », *Marguerite Duras*, 5, « Marguerite Duras, paysages », Lettres modernes Minard, 2007, p. 104-106.
(10) Marguerite Duras, *Le Camion* (film), 0 : 25 : 24.
(11) Jean-Pierre Martin, *La Bande sonore*, José Corti, 1998, p. 172.
(12) Pascal Bonitzer, « The Silences of the Voice (A propos of *Mai 68* by Gudie Lawaetz) », *Narrtive, Apparatus, Ideology. A Film Theory Reader*, Philip Rosen (ed.), Columbia University Press, 1986, p. 324.
(13) Michel Collot, *Paysage et poésie du romantisme à nos jours*, José Corti, 2005, p. 300.
(14) Michel Collot, *La Poésie moderne et la structure d'horizon*, PUF, 1989, 207.
(15) Julie Beaulieu, « La "Chambre noire" dans *Le Camion* de Marguerite Duras », *Marguerite Duras*, 2, « Écritures, écritures », Lettres modernes Minard, 2007, p. 187.
(16) Marguerite Duras, *Le Camion* : « Il y a un ciel blanc, d'hiver » (*OC3*, p. 267), « le ciel blanc » (*OC3*, p. 269), « Ciel bouché, blanc » (*OC3*, p. 293).
(17) ミシェル・ポルトによるインタヴューより。« Entretien avec Michelle Porte », Marguerite Duras, *Le Camion*, *OC3*, p. 309.
(18) Anne Cousseau, « Poétique du paysage », *Marguerite Duras*, 5, « Marguerite Duras, paysages », *op. cit.*, p. 31.
(19) Marguerite Duras, *Le Camion*, *OC3*, p. 277.
(20) Monique Maza, « Les ciels du camion. Considérations sur la plastique du montage dans *Le Camion* », *Lire Duras. Écriture-théâtre-cinéma*, Claude Burgelin et Pierre de Gaulmyn (présentent), Presses universitaires de Lyon, 2000,

p. 470-471.

（21） « Entretien de l'auteur avec Jean-Claude Bonnet et Jacques Fieschi », *Cinématographe*, n° 32, 1977, p. 27.

（22） Marguerite Duras, *Le Camion* (film), 0 : 15 : 59 ; 0 :22 :43 ; 0 :57 :05 ; 1 :07 :49 ; 1 :11 :23.

（23） Vivian Sobchack, *Carnal Thoughts: Embodiment and Moving Image Culture*, University of California Press, 2004, p. 65.

（24） Jennifer M. Barker, *The Tactile Eye. Touch and the Cinematic Experience*, University of California Press, 2009, p. 10.

（25） Serge Daney, « *Trop tôt, trop tard* », *Ciné journal. 1981-1986*, Cahiers du cinéma, 1986, p. 84.

（26） Jean-Marie Straub et Danièle Huillet, *Trop tôt, trop tard*, *Danièle Huillet et Jean-Marie Straub*, volume 7, Éditions Montparnasse, 2012 (1981).

（27） Jacques Aumont, « Doublages », *Jean-Marie Straub. Danièle Huillet. Conversation en archipel*, Anne-Marie Faux (dir.), Mazzotta et Cinémathèque française, 1999, p. 71.

（28） Gilles Deleuze, *Cinéma 2. L'Image-temps*, Éditions de Minuit, 1985, p. 318. 同様の指摘は以下でもまたなされている。Jean Narboni, *Cahiers du cinéma*, n° 275, avril 1977 (« image visuelle comme pierre〔石としての視覚イメージ〕») および、Serge Daney, *Cahiers du cinéma*, n° 305, novembre 1979 (« plan comme tombeau〔墓石としてのショット〕»).

（29） François Fronty, « *Méditerranée*, ou l'aura d'un film », *Les Images parlantes*, Murielle Gagnebin (dir.), Champ Vallon, 2005, p. 136.

（30） Jean-Luc Godard, « Impressions anciennes », *Cahiers du cinéma*, n° 187, février 1967.

（31） Jean-Daniel Pollet, *Méditerranée*, (1963, 44 mn), *Méditerranée/ Bassae*, Éditions de l'Œil, 2013.

（32） Dominique Païni, « Jean-Daniel Pollet, Jean-Luc Godard : la vocation des poètes », livret de Jean-Daniel Pollet, *Méditerranée/ Bassae*, p. 25-30.

（33） Texte de Philippe Sollers pour *Méditerranée*, *ibid.*, p. 50.

（34） *Ibid.*, p. 50-51.

（35） *Ibid.*, p. 54 et p. 50.

（36）足立正生（一九三九―）は、若松孝二とともにカンヌ映画祭で『赤軍ＰＦＬＰ世界戦争宣言』（一九七一）を発表後、パレスチナへ渡航。以後二三年間逗留し、一九九七年に強制送還された。

（37）松田政男「風景としての都市」、『風景の死滅』所収、航思社、二〇一三年（初版、講談社、一九七一年）。

（38）足立正生『映画／革命』、河出書房新社、二〇〇三年、二九〇頁。

（39）足立正生『略称・連続射殺魔』、ダゲレオ出版、一九九八年（1 :02 :33.-1 :05 :50）。

（40）ファントム・ライドの歴史については以下を参照した。Frank Gray, « *The Kiss in the Tunnel* (1899), G. A. Smith and the Emergence of the Edited Film in England », *The Silent Cinema Reader*, Lee Grieveson and Peter Krämer (eds.), Routledge, 2004, p. 51-62.

Ⅲ　新たなる視角へ向けて

どのように呼びかける（呼ぶ）のか

――マルグリット・デュラスにおける名前の力

澤田直

はじめに

マルグリット・デュラス作品の固有名詞に対して、私は長い間ある種の違和感を抱いてきた。ロル・V・シュタイン、エミリー・L、マイケル・リチャードソン、アンヌ＝マリー・ストレッテル。どれもたいへん魅惑的な名前ではあるが、その魅力にも関わらず、個人的には、その名前からジュリアン・ソレル、マチルド、ラスティニャックの場合のような、血肉を備えた登場人物をイメージすることができなかったからだ。デュラスの人物は「幽霊」を意味するフランス語の fantôme、その語源のギリシャ語のファンタスマ〔φάντασμα〕、つまり出現、亡霊、夢幻のように私には感じられてきた。もちろん、小説の登場人物はもとより現実ではなく、想像的なものであるから、現実味がないとしても不自然ではない。しかし、技術不足によって人物が立ちあがらない、というのとはまったく違うかたちで、デュラスの場合、人物たちは奇妙な浮遊感、あるいは物質性の希薄性を感じさせるのだ。この非現実感を導きの糸として、デュラスにおける〈声〉の問題を考えてみよう。

固有名の逆説とでも呼ぶべきものが人名に関して存在する。姓名ほど自分にとって親しい指標はない。それにも関わらず、その選択決定に私は関わることはなく、原則的には他者によってすでに決められたものを引き受けるしかない。つまり、誕生と同様、名前についても私の意志は無視されている。この事実は、存在の根底において、私が自分自身の根拠ではないという存在論的事実を顕現しており、私たちは自分の名前に関して他者の力のもとにある、と言える。その意味で、フランス語で名前を言うときに代名動詞が用いられることは示唆的だ。「私の名前は〜です」と言うために、「私はみずからを呼ぶ〔**je m'appelle**〕」という表現が用いられる。しかし、原則的には、そして最初には、人が「私を呼んだ〔**on m'a appelé**〕」、「私を名づけた〔**on m'a nommé**〕」ことはまちがいない。つまり、私の名前は、アイデンティティの中心にありながら、本来的には私には属していない。むろん新たな名前を自分に与えることでアイデンティティの帰属を取り戻そうと試みる者もいる。デュラスの場合がまさにそうで、本名がマルグリット・ドナデュであることは周知の通りだ。しかし、本論の目的は、彼女の筆名の意味を探ることではなく、むしろデュラス作品において固有名がどのように機能しているのかを検討することであり、デュラスにおける命名と呼びかけの問題を、⑴固有名詞、⑵反復と抹消、⑶呼びかけと命名、という三つのモチーフの検討を通して行いたいと思う。

固有名詞

デュラスの文学作品に現れるファースト・ネームとファミリー・ネームを概観することから始めよう。初期の作品からデュラスの登場人物の名前は、フランスではよくあるファースト・ネーム、ジャンやジョルジュといったものが多いが、そのうちのいくつかは反復されて用いられる。たとえば、ジャック(『タルキニアの小馬』、『あつかましき人々』、『ロル・V・シュタインの歓喜』〔以下『ロル』〕)、ヴァレリー(『アンデスマス氏の午後』、『ロル』)、アンヌ(『モデラート・カンタービレ』)、アンナ(『ジブラルタルの水夫』)、マリー(マリア『夏の夜の十時半』)、アンヌ＝マリー(『ラ・ミュジカ』、「インド連作」)。同じ名前が何度も使用されることには単なる偶然以上の意味があるように思われるし、緻密な検討が行われるに価すると思われるが、ここでは措いておこう[1]。

ファミリー・ネームにも、回帰する固有名詞がある。よく知られているのは、言うまでもなくStein である。『ロル・V・シュタインの歓喜』から始まり、『破壊しに、と彼女は言う』のホテルの客シュタイン、『私に会いに来た男』のシュタイナーへと変身し、オーレリア・シュタイナー三部作へとつながれる。名前は脱皮するかのように変化することもある。これもたいへん有名な事実だが、デュラスの晩年のパートナーであった青年の戸籍上の名前、つまり本名 Yann Lemée は、デュラスの世界では、ヤンというファースト・ネームだけを残して、ヤン・アンドレア、ヤン・アンドレア・シュタイナーと進化する。シュタインがユダヤ性と関係すること、ドイツ語で「石」を意味すること、この名前に込められた意味などについては、すでにいくつかの研究が存在するので、ここでは扱わない[2]。ただ、ある時期からユダヤ性の問題が彼女の創作活動においてきわめて重要な位置を占めるようになる（これはデュラス自身が述べている）にあたって、名前がおおいに関与していることに留意しなければならない。実際、後に見るように、ユダヤ性は何よりもまず名前として発露する。また、同一名の反復の意味についても後ほど見ることにしよう。

まずは、いくつかの固有名の微妙な変化の方に注目することにしよう。小説『ヴィオルヌの犯罪』（一九六七）は戯曲『セーヌ・エ・オワーズの陸橋』（一九六〇）を小説化したものだが、作中で、主人公のクレールとマルセルのラゴン夫妻は、クレールとピエール・ラーヌ夫妻へと、名字のみならず夫のファースト・ネームも変えられている。これは、小説が戯曲の単なる反復ではなく、別の物語であることを端的に示す指標だと言える。ただし、ふたつの作品のすべてがまったく違うのであれば登場人物の名前をすっかり変えてしまう必要があっただろうが、クレールというファースト・ネームと被害者の姓名はそのまま手つかずに残されている[3]。この微妙な変化にこそ、両者が同一でありながら、別であることの意味を読み取る必要があるのだ。

このように、デュラスの命名に対する強いこだわりはテクストの細部に見て取れる。ただし、そこで興味深いのは、このような名前に対する執着が小説世界に堅固な現実性を与え、内実のある虚構的人物を立ちあげようという意図によるものではまったくない点だ。デュラスは連作を発表しているから、同じ人物が再登場することになるのだが、それらを『人間喜劇』や『ルーゴン゠マッカール叢書』の場合と比べてみれば、そのちがいは一目瞭然であろう。バルザックやゾラの場合は、登場人物のリアリティを担保するために、作品間で人物像に齟齬がないように工夫されている。一方、デュラスの場合は、同一人物が問題になっているとされている「インド連作」の場合でさえも、そのような実在性の意図があるのかはおおいに疑問の余地がありそうだ。いや、むしろ単なる同一性を超えた何かが目指されているように思われる。というのも、主要な登場人物でさえも、回帰する際にその名前が変容を被るからだ。

たとえば、マイケル・リチャードソン（『ロル』）は、マイケル・リチャード（『副領事』）となった後、『インディア・ソング』でふたたび元の名前に戻るが、『愛』では名をあかされることなく、ただ「旅人」と仮に呼ばれる男となる。同様に、ローラ・ヴァレリー・シュタインもL・V・S（『ガンジスの女』）となるだけでなく、『愛』では名前を失い、ただの女〔Une femme〕、彼女〔elle〕となる。イニシャルになるのは、修正とまでは言えないかもしれないが、それでも、この符号化に何かを読み取るべきであろう。さらに言えば、アンヌ゠マリー・ストレッテルの結婚前の名前が『副領事』、『インディア・ソング』で少しずつ浮きあがり、アンナ゠マリア・グァルディという消された名前として言及されることも示唆的だ。これについては後ほど検討したい。

いずれにせよ、それぞれの人物の同一性を担保しようとするならば、これらの変更や言い澱みはあまりに不自然と言わざるをえない。この所作には、登場人物を実体化することの拒否とまで言わないにしても、少なくとも躊躇なり留保がある。ひとことで言えば、ここでは同一性の原理が成立しないのだ。作品を横断して登場するこれらの人物は完全な同一人物ではない。だが、まったくの別物でもない。リチャードソンとリチャードは同じ人物ではない。それでいて、彼は完全に別人でもない、彼らはほとんど同じ存在。デュラスにおける反復、再開という行為は、自分自身とは別の人物を生み出すことなのであり、それは通常のアイデンティティ原理の否定だとは言えないだろうか。これを仮にここでは「重ね合わせの原理」と呼ぶことにしたい。

これらの名前は、現実性を帯びた誰かに送り届けるのではなく、記号のごとき存在であり、むしろ可能性の世界に生きる人物を召喚するために、発話されるように思われる。デュラスは、彼らを命名し、その名前をときに変形しつつ、召喚する営為を倦むことなく続けるのだ。デュラス自身が映画『インディア・ソング』について述べた「人物の近似」と言う表現に注目して、この点について考えてみることができるかもしれない。映像に現れ、アンヌ＝マリー・ストレッテルとかマイケル・リチャードソンと名指される人びとは、完全にこの人物なのではなく、あくまでも「人物のごときもの〔approximation du personnage〕」でしかない。そこから、彼らの奇妙な浮遊性、幽霊のようなあり方が説明できるのではなかろうか。

人名だけでなく、地名に関しても同じことが言える。ここでも細部への奇妙なこだわりがみられる。実在の地名に関して、Cholen は Cholon、Sadeck は Sadec、Ram が Réam など、なぜ意図的に微細な修正を施されて記載されるのだろうか。さらに別の例を挙げれば、S・タラという重要な場所の綴りがS. Tahla（『ロル』）からS. Thala（『副領事』、『ガンジスの女』）へと変えられることも示唆的だ。海を意味するギリシャ語thalassa（Θάλασσα）のアナグラムであるこの地名は、T. Beachへと翻訳されることもある。つまり、S・タラとは、文学空間という虚構内においても確固たるアイデンティティを持つことはない何か、プラトン的なコーラ、受容体〔réceptacle〕、物質性の母胎（マトリックス）のようなものではないか、と仮定したいという誘惑にかられる。このことは、『愛』におけるこの固有名の用いられ方を分析するときに、ある程度、その可能性を確認できるように思われる。

「今朝、私があなたを探していたとき、彼はいくつかの名前を言ったの」――彼女は中断する――「私はS・タラという名前を選んだのよ。」(4)

このくだりを文字どおりに信じるならば、S・タラとはいくつかある選択肢から彼女によって選ばれ、命名された任意の名前に過ぎないのであって、もともとこの地に一義的に宛てがわれた名前ではないことになる。さらにこの名前の指示範囲は、かなり柔軟であって、恣意的とすら言いうるものだ。あそこまで、その先もS・タラだと言われるからだ。

のみならず、この地名は人名にまで拡大される。

彼女が離れてゆき、彼が呼び戻す。彼が訊く――

「S・タラというのが、ぼくの名前なんですか。」

「ええ」――彼女は彼に説明し、指し示す――「あらゆるものが、ここではあらゆるものがS・タラなの。」[5]

彼女は、まさにこの世界を命名し、それを支配下に置こうとするかのように、ほとんどアダムのように、見えるものに名前を与える。人名と地名の提喩的変換は、すでにあの有名な『ヒロシマ　モナムール』のラストシーンでの相互に命名するシーンで示されていた。名前を（ほとんど）持たない男女は、相手を「ヒロシマ」、「ヌヴェール」と命名し直すことでおたがいの記憶を刻印するかのように呟いた。しかし、この隣接性以上に重要なのは、やはり、命名の儀式の方のように思われる。『愛』に戻れば、「この場所では、すべてがS・タラ」[6]とされていた。しかし、仮に本当にすべてが同じ名前だとすると、名前は弁別的な機能を果たすことができなくなってしまうだろう。未開社会において相手の名前を知ることはそれを支配下に置くためにも重要であったことについては民族学的研究が多くの情報を与えてくれるが、ここでは聖書の創世記に立ち戻って、命名の問題を考えたい。

ヘーゲルは、『精神現象学』の草稿とも言える「一八〇三―一八〇四年の体系」において、次のように述べていた。「アダムがそれによって動物たちの支配者となった最初の行為は、名前をつけることであったが、それはその実在において（実在者として）彼らを虚無化することであった。」つまり、あるものを名づけるとは、その実在を言葉によって代置することにほかならない。このヘーゲルの一節を引きながら、モーリス・ブランショは言葉が持つ殺人的性質についての考えを展開する。

言葉は、それが意味するものを私に与えるが、それはまず抹消してからのことだ。私が、「この女」と言うことができるためには、何らかの仕方で彼女から生身の現実を取り去り、不在にし、虚無化しなければならない。言葉は私に存在を与えてくれるが、存在を欠いたかたちで与えるのだ。それはこの存在の不在、虚無、存在を失ったときに残るもの、つまり「いない」という事実のみである。(7)

つまり、命名という問題構成において考察しなければならないのは、現実と言葉の関係そのものにほかならない。このことをもうひとつ別の観点から指摘しているのが、ヴァルター・ベンヤミンだ。彼によれば、楽園におけるアダムの命名的な言語は、堕罪によって墜落し、その結果、言語は人間の伝達的な言語になったとされる。(8) つまり、原初的な言葉は命名性のうちにあるのであり、デュラスによる発話は、このような原初的行為をなぞるかのように行われているように思われる。

ここまで、明示的な名前が与えられた登場人物について見てきたわけだが、デュラス作品には、それに反比例するように名前が与えられていない人物たちも登場する。その典型が『愛人』の主人公である。語り手の〈私〉は、かぎりなくデュラス本人に近いと言ってよいだろうが、『失われた時を求めて』の語り手と同じく名前を欠いている。さらに〈愛人〉の方は終始〈中国人〉であって、彼もまた名前を完全に奪われている。だが、逆説的にもその事実によって、彼らには虚構的な実在性が与えられているように思われる。そのほかにも、『インディア・ソング』の女乞食のことも思い起こすべきだろう。つまり、デュラス作品には名前を持つ者と持たない者がいることになる。重要なことは、名を持たない者が、名を持つ者より実在性がないわけではないということだ。ふたつのあり方が異なる位相を持つことは、先に指摘したように、マイケル・リチャードソンとロルが、『愛』では名前を失い、「旅人」と「女」という普通名詞になり下がっていながら、かえって実在性を帯びていることからも見て取れる。

『ヴェネツィア時代の彼女の名前』

以上の考察から垣間見えてきたことをさらに深化させるために、続いて、デュラスのきわめて特異な映像作品、一九七六年に発表された« Son nom de Venise dans Calcutta désert »を検討することにしよう。このタイトルにはヴェネツィアとカルカッタ（コルコタ）というふたつの地名が刻まれているが、この風変わりな名前の意味は後に検討することにして、まずはいくつか基本的な確認の作業をしよう。本作が『インディア・ソング』と密接な関係を持っていること、より正確に言えば、『インディア・ソング』のサウンド・トラックをそのまま使った分身であることはよく知られている。したがって、それは同一の物語の反復なわけだが、言葉は反復されていながら、映像の方はまったく異なる。そして、それが「すべてすっかり変えてしまう。性質のみならず、意味までも」と作者は言う。この特異な映画は、生身の人間は最後の部分にわずかに――しかも無言で佇むのみ――姿を見せるのみで、俳優は登場せず、全篇にわたって空虚な空間に声だけが響くというきわめて実験的な作品である。画面にはヴェネツィアもインドも映し出されない。観客の目に見えるのは『インディア・ソング』で大使館として使われたシャトー・ロトチルド（ロスチャイルド城）であり、その建物はタイトルの désert（荒涼たる／人のいない）が、示すように、荒れ果てた廃墟と化している。もちろん、この作品の来歴を知って見る者はみな『インディア・ソング』と重ね合わせながら作品を見ることになる。ここに私たちはふたたび「重ね合わせの原理」を見出す。同一の物語、かつての反復だが、言葉は反復されていながらも、映像がまったく異なることによって奇妙なスーパーポーズが起こる。この作品は、映像作家デュラスの発展において、重要なターニングポイントをなしている。それまでの俳優が演技する映画から、俳優なしへの移行がここで起こったのだ。

さて、『ヴェネツィア時代の彼女の名前』という映画は、無人、不在そのものを顕わにしようとする試みと言えるが、イマージュの本質とはまさに不在の現前、不在の表象にほかならない。サルトルが『イマジネール』で明らかにしたように、[9] 現実そのもののうちには不在はなく、不在とは、あるべき現前を想定する人間の企図によって現実のうちに穿たれる。つまり、そこに不在を見てとるのは、ほかならぬ私たちである。この映画では、物語は該当する映像によって裏打ちされることがなく、人物も風景も消去されている、あるいは消印を押されているが、この消印はオフの声によってなされる。イマージュと音《ソン》の離接・分離は、デュラス、ストローブ＝ユイレ、ゴダールの作品の特質として言われていることだが、『ヴェネツィア時代の彼女の名前』では、それが極限にまで達する。この点に着眼したドゥルーズは次のように指摘する。

『ヴェネツィア時代の彼女の名前』は、結婚した女の名前の下にある旧姓のようにさらに古い地層を引き出しながら、廃墟となった視覚的イメージの自律性を強調することになるが、二種類のイメージに共通する点、つまり無限において触れることで、ある終わりをつねに目指している。（それはあたかも視覚的なものと音声的なものが、触覚的なものという「接合点」をもって終了するかのようだ。[10]）

しかし、だとしたら、観客はどのようにして、この空虚のうちに人物を透視することができるのか。不在の人物たちを呼び起こす役割を担うのが、すべてオフとなってしまった〈声〉だ。すでに『インディア・ソング』において映像の人物と台詞は必ずしもリンクしていなかったが、『ヴェネツィア時代の彼女の名前』では、すべてが荒涼としていながら、共鳴箱のように、声に満ちている。ところで、Son nom de Venise dans Calcutta désert（人のいないカルカッタにおけるヴェネツィア時代の彼女の名前）という、この優れてデュラス的なタイトルは謎めいているが、正確には何を意味しているのだろうか。「ヴェネツィア時代の彼女の名前」は、アンヌ＝マリー・ストレッテルの結婚前の名前、アンナ＝マリア・グァルディを指し示すにちがいない（この名は『インディア・ソング』で初めて現れた）。一方、désert の方は、複数の意味を担っているように思われる。このタイトルは、私のような無学な者には初めまったく理解できない地口に思えたのだが、あるとき、これはラシーヌの『ベレニス』第一幕第四場でアンティオキュスが恋い焦がれるベレニスに向かって放つ長口上の一節の本歌取りではないかと思いついた[11]。

Rome vous vit, Madame, arriver avec lui.
Dans l'Orient *désert* quel devint mon ennui !
Je demeurai longtemps errant dans *Césarée*,
Lieux charmants où mon cœur vous avait adorée

ローマは見たのです、あなたが彼と都入りするのを
君まさぬオリエントの地は、ただ、悲しみの荒野！

久しくも、セザレの都に、彷徨いの日々を送る
あなたを恋い慕った、思えば美しい惑いの都《まち》[12]

このように、désert を含むアレクサンドランの直前と直後には、ローマとセザレという地名が配置されている。ローマとセザレ、ヴェネツィアとカルカッタ。この距離と対比は偶然とはとうてい思えない。ラシーヌを愛好すると言っているデュラスがこの意味を込めなかったとは考えられない。この仮説が正しいとすると、そこにはベレニスとアンヌ＝マリー・ストレッテル、アンテォキュスと副領事、オリエント（セザレ）とカルカッタ、ローマとヴェネツィアの「重ね合わせ」があると言ってよいだろう。

もうひとつ別のコメントをこの部分に付け加えよう。じつは、ラシーヌのこのくだりをシモーヌ・ヴェイユがほぼ同じ文脈で引用しているのだが、その注釈はきわめて示唆に富む。

君まさぬオリエント……。砂漠に身をおかねばならない。愛するものは不在なのだから。[13]

« Dans l'Orient désert… » Il faut être dans un désert. Car celui qu'il faut aimer est absent.

神を愛するのは、神が不在なためであり、そのためにも神を愛する者は désert に身を置かなければならない、とヴェイユは言う。したがって、この本歌取りと反復は、聖書や古代世界と馴染み深い

砂漠と廃墟を思い起こす象徴的な形象の下に現れるように思われる。以上の仮説を実証的に根拠づけることは難しいかもしれないが、デュラスがその三年後に、ローマとセザレをテーマにした映像作品『セザレ』を作っていることはとうてい偶然ではありえない。

セザレからオーレリア・シュタイナーへ

一九七九年、『船舶ナイト号』を撮ったデュラスは、使用されなかったカットを用いて『セザレ』と『陰画の手』をあわせて制作した。両者とも俳優の登場しない映画であり、ここまで見てきた「重ね合わせ」の技法に拠った作品だが、ここでは『セザレ』に限って見てみよう。この作品のインスピレーションのひとつが、ラシーヌの悲劇『ベレニス』であることはまちがいないし、作家自身それについて言及している。その一方で、もう少し具体的なきっかけとなったのが、前年七八年にイスラエルを旅行した際に訪れたセザレ、つまりカエサリア・マリティマの遺跡であることも、本人が証言するところだ[14]。

『セザレ』とはどんな作品か。ナレーションとして語られるテクストはきわめてシンプルで、プレイヤード版でわずか四ページ。「セザレ／セザレ／この場所はそう呼ばれる／セザレ／セザレア[15]」と始まるが、余白も多いので、内容的には一ページに収まってしまうほどの短さである。

執拗にセザレ、セザレアが二十二回ほどくり返されるが、観客が実際に目にする映像は、チュイルリー公園とそこにあるマイヨールの女性彫像、コンコルド広場とオベリスクといったパリの光景なのであって、ヘロデ大王が建設した王国の首都の廃墟はおろか、地中海を思わせるものはいささかも映し出されず、作家本人の声でティチュスに捨てられたベレニスの悲劇が語られる。声はあたかもその光景を眼前にするかのように語りつづける。セザレの遺跡、目の前に広がる地中海、足下の大理石、列柱、「すべては破壊された、すべては破壊されてしまった」、残るのは名前と記憶だけ、と。この読まれるテクストによって、私たちは見えざるベレニスとセザレを透視することを求められる。というか、連呼される「セザレ／セザレア」はほとんど呪文のように、ベレニスという神話的な人物を召喚しようとする。ところで、連呼されるのは土地の名であり、ベレニス自身は名前ではなく、「ユダヤ人の女王」、「サマリアの女王」と呼ばれるのみで、明示的には現れない。ここでもセザレがベレニスの提喩であることは、先ほどのヴェネツィアと同様だ。反復されるセザレによって、幽霊のようにベレニスが回帰してくる。このように、人物は反復的召喚、というか、祈願によって亡霊のように戻ってくる。ここで、フランス語の invoquer〔召喚〕の語源がラテン語の invocare であり、そこに〈声〉〔vox〕が含まれていることは示唆的だが、ここでは指摘するにとどめよう。

このような、いわば砂漠のスタイルを確立したデュラスが次に行ったのが、複数の無名者たちに唯一の名前を与え、浮かびあがらせるという行為だった。『オーレリア・シュタイナー』三部作である。この三つのテクスト、そしてとりわけそこから作られたふたつの短編映画で、語りの声はほとんど亡霊的なオフの声と化し、外部と内部の境界を消し去る。この声は非人称的であると同時に人格的であり、遠いと同時に親密で、不在でありながら現前し、一人称で語りながらも、なぜか他人事のような印象を与える。書名にもなっている人物は、単独でありつつ複数で、いわば、世代も場所も超えた何万人というユダヤの若い女性を包摂した存在だとされる。その第一作、いわゆる、「メルボルンのオーレリア・シュタイナー」は、一人称の語りで、次のように始まる。

私はいつも、あなたに書く、いつでもそう、分かるでしょ。
そして、あなたに問いかける。
あなたはどこにいるの?
何をしているの。
どこで迷子になったの。[16]

そして、この呼びかけの手紙は、署名のような自己命名によって閉じられる。

私の名前は、オーレリア・シュタイナー
私は、メルボルンに住んでいます。両親は教師です。
私は十八歳。

書いています。[17]

この終わり方は、三部作すべてに共通なもので、ただ地名だけが、ヴァンクーヴァー、パリと変えられる。したがって、この名前が意味論的にも物語論的にも核となっていることは明らかだ。実際、「オーレリア・ヴァンクーヴァー」と呼ばれる第二作において、とりわけ名前は重要な役割を演じる。オーレリアは海岸で一人の水夫と出会い、彼を自分の部屋に引き入れて関係を持つのだが、彼に名前を告げて、それを発話するように求める。この場面を検討してみよう。蛇足だが、この映画には、人物は登場せず、荒涼とした風景が見え、女性の声がオフで一人語りするだけであることを確認しておく。


私は彼に言う。あなたにひとつの名前をあげる。

それをあなたは口に出して言う。なぜそうするのかあなたは理解しないけど、でも私はあなたにそうするように、理由を理解しないままで、何か理解すべきことがあるかのように、それをくり返すよう求める。

私は彼に名を言う、オーレリア・シュタイナー、と。[18]

それに続いて水夫は、彼女の体を発見する。体に口づけしながら、執拗に名前をくり返す。ときにフルネーム、ときにファースト・ネームだけ、ときにファミリー・ネームだけ。彼は、それ以外の言葉をまったく発さない、とされる。これはコミュニケーションの言語ではなく、ほとんど囀《さえず》りのような、叫びのような、〈声〉そのものの何かだ。

彼女は、名前を与えるのだが――この「与える」は強い意味で理解すべきだ――ここで彼女が「自分の名前〔**mon nom**〕」ではなく、「ひとつの名前を与える〔**je vais vous donner *un* nom**〕」と言っていることに着目したい。その意味でも、ここにあるのは自己命名行為だとすべきだろう。あるいは、無名の誰かがオーレリア・シュタイナーの名を借りて語っているのだ。つまり、修辞学の用語で言うところの「プロソポペイア（活喩法）」と見なすこともできるだろう。この女性を通じて、まさに〈オーレリア・シュタイナー〉本人が立ちあがる。到るところで、この名前を持たないユダヤ女性は呼ばれてきたのだが、それまでは呼ぶための名前が分からなかった。一人の少女ではなく、何万という無名のうちにとどまっていた少女たち。ついにその彼女（たち）に名前が与えられたのだ。

デュラス自身は、このくだりについて、次のように説明している。

イジ・ベレールは、そこでは、人が誰かを呼び、誰かを名づけるときに起こるべきことの一種のメタファーとして性行為があるのだと言っている。〔……〕彼の言うところでは、彼女は名前の刻印と消去の間の一種の往復運動なのであり、それこそ、オーレリア・シュタイナーという人種的な、ユダヤ的なオーガズムなのだ。[19]

したがって、名前の刻印と消滅はまったく同じではないにしても、同一の行為のふたつの側面と言ってもさほど事実から遠くはないだろう。ベレニスや女乞食が名前を失うことによってその実在性《リアリティ》を逆説的に獲得したのとは反対に、無名のユダヤ人少女には、何としても名前が必要なのであり、彼女を召喚するためには命名しなければならないのだ。[20]

おわりに

結論に入ろう。とはいえ、あくまでも暫定的な結論に。

まずは、ただ名前のみが鳴り響き、人間の姿が現れることのない映画における、重ね合わせと砂漠の手法の意味を解く必要があるだろう。この人物が登場しない映画によって、デュラスは名前の力のみで何かを呼び寄せようとしているように思われる。あたかもシャーマンのように、執拗な反復はまさにこの意味で呪術的だと言えるだろう。「それは内部への呼びかけ、死への呼びかけ。声は死者たちに呼びかけている、彼らに呼びかけている」[21]とデュラスは説明しているが、この表現はほとんどハイデガー的な響きを持っている。よく知られているように『存在と時間』の主要なテーマのひとつはまさに「呼びかけ〔appel/Ruf〕」である。〈声〉の経験のなかにあって呼びかけてくるのは、ダーザインそれ自身だとされる。興味深いのは、「良心の呼び声は、何ごとも言明しないし、世のなかの出来事について情報を与えず、また何ごとも物語らない[22]」ことだ。さらには、呼びかけには「音声によるいかなる告知も欠けていて、言葉にまで自分をもたらすことがない」とされている。「良心はもっぱら、そしてたえず、沈黙のかたちをとって話す[23]。」

デュラスにおいても同様の声が、砂漠のなかで呼びかけ、名付けを行う。そこでは、呼びかけと命名という問題系は、沈黙の底で解きほどし難く混じりあっている。「どのように呼びかけるのか〔**Comment appeler ?**〕」と、「どのような名前なのか〔**Comment s'appeler ?**〕」は、デュラスにおいてエクリチュールを推進する死の衝動のふたつの側面ではなかろうか。これはたしかに亡霊的な声だが、それこそが私たちに呼びかけ、私たちを名指し、おそらくは、何かを書きとらせるものなのだ。デュラスの作品は、このような声の発露によって私（たち）を惹きつけてやまない。

【注】

（1）また、女性の名前としては、aで終わる名前への嗜好が見られる。Agatha, Suzana (Savannha), Sabana, Véra.

（2）Laurent Camerini, « La Judéité dans l'œuvre de Marguerite Duras », *Un imaginaire entre éthique et poétique*, Classiques Garnier, 2016 ; Dominique de Gasquet, « De Donnadieu à Duras », in *Duras, Dieu et l'écrit, Actes du colloque de l'ICP*, sous la direction d'Alain Vircondelet, éd. du Rocher, 1998. Claude Burgelin, « Le père : une aussi longue absence » in *Lire Duras*, *Écriture-Théâtre-Cinéma*, textes réunis par Claude Burgelin et Pierre Gaulmyn, Presses Universitaires de Lyon, 2000.

（3）　プレイヤード版の注によれば、被害者の名前は一九六八年の戯曲版ではマリー＝テレーズではなく、マリー＝エレーヌだった。（*OC2*, p.1784）

（4）　*OC2*, p. 1295.

（5）　*OC2*, p. 1297.

（6）　*Ibid*.

（7）　Maurice Blanchot, *La part du feu*, Gallimard, 1949, p. 312. モーリス・ブランショ『焔の文学』、重信常喜訳、紀伊國屋書店、一九五八年。

（8）　Walter Benjamin, « Sur le langage en général et sur le langage humain », trad. fr. M. de Gandillac, dans *Œuvres I*, Gallimard, « Folio essais », 2000, p. 159.

（9）　Cf. Jean-Paul Sartre, *L'Imaginaire, psychologie phénoménologique de l'imagination*, Gallimard, « Folio Essai », 1986 [1940]. ジャン＝ポール・サルトル『イマジネール』、澤田直・水野浩二訳、講談社学術文庫、二〇二〇年。

（10）　Gilles Deleuze, *Cinéma 2 : L'image-temps*, Minuit, 1985, p. 354. ジル・ドゥルーズ『シネマ2　時間イメージ』、宇野邦一・石原陽一郎・江澤健一郎・大原理志・岡村民夫訳、法政大学出版局、二〇〇六年、三五四頁。

（11）　ロール・アドレールに拠れば、ラシーヌはデュラスにとって生涯にわたり、重要な師であった。Laure Adler, *Marguerite Duras*, Gallimard, 1998, p. 707. ラシーヌについてのデュラスの言及は、「車中の読書」（『外部の世界』（*OC4*, p. 1023））に見られるほか、『緑の眼』にラシーヌについて触れている箇所がある。*OC3*, p. 680-681.『緑の眼』、小林康夫訳、河出書房新社、一九九八年、六八―六九頁。

（12）　Jean Racine, *Bérénice*, in *Œuvres complètes*, Gallimard, « Bibliothèque de la Pléiade », t. I, 1931. ラシーヌ『ブリタニキュス／ベレニス』、渡辺守章訳、岩波文庫、二〇〇八年。強調は引用者。

（13）　Simone Weil, *La pesanteur et la Grâce*, Librairie Plon, 1947 rééd., p.126.

（14）『セザレ』については別の場所で論じたことがある。以下の拙論を参照されたい。澤田直「マルグリット・デュラスと地中海——廃墟を透視すること——」、『立教大学フランス文学』第四六号、二〇一七年、八五—一〇九頁。

（15）*OC3*, p. 486.

（16）*OC3*, p. 494.

（17）*OC3*, p. 502.

（18）*OC3*, p. 512. この部分は、映画とテクストで微妙に異なる。

（19）*OC3*, p. 706-707.

（20）命名とユダヤ性について語るのであれば、決して名指されてはならない神の名へと遡らなければならないだろうが、この大問題に取り組む余裕がいまはない。

（21）*La Couleur des mots, Entretiens avec Dominique Noguez, Autour de huit films*, MAE 1984, Benoit Jacob, 2001, p. 192.

（22）Martin Heidegger, *Sein und Zeit*, Auflage. Niemeyer, Tübingen 2006 [1927], S. 273.

（23）*Ibid.*, S.274.

声の宛て先——デュラスとヤン・アンドレア

ジョエル・パジェス＝パンドン
（岩永大気訳）

はじめに

一九八〇年夏の終わり、後にヤン・アンドレア[1]と名づけられることになるヤン・ルメと生活をともにするようになると、マルグリット・デュラスの作品は新たな次元へと変容する。過去と現在、現実と想像、話された言葉と書かれた言葉、生きられたものと書かれたものの本〔bibliographie〕の境は曖昧にされ、一九九〇年に「私は現実を神話のように生きたのです[2]」と述べている通り、デュラスの創作は、語源的に「みずから書いたみずからの神話」を意味するオートミトグラフィ〔automythographie〕となった。八〇年代から九〇年代にかけての一連の作品を、私は以前「大西洋連作[3]」と呼ぶことを提案したが、その理由は、それらがヤン・アンドレア、つまり「大西洋の男」の形跡に満ちているからである。小説版『アガタ』の執筆――小説版につづいてすぐに映画版『アガタ』[4]も撮影された――とともに始まった大西洋連作は、想起と入れ子構造の二重の運動によって特徴づけられる。マルグリット・デュラスは、インドネシアで過ごした子供時代を、三十八歳下のホモセクシュアルの若い男性に対して抱く侵犯の情念を通して再訪する。自身の生をふたたび書き直すことによって、過去に埋もれていたものを汲みあげるのである。

ヤン・アンドレアは、デュラスの想像力が生みだした登場人物たち、たとえば『八〇年夏』の指導員に愛される「灰色の眼の少年」や『アガタ』の兄であり愛人でもある人物と重なるのだが、ヤンは同様に、作家の愛した兄ポールとの近親相関的関係をも思わせる。[5]というのも、大西洋連作は、ヤン・アンドレアと明らかに関わりがある作品[6]以外にも、晩年の三十年に生み出された小説、戯曲、映画の主要部分を包括するからであり、そのなかには、インドシナでの幼少期を扱った連作を書き直した『愛人』や『北の愛人』、創作や破壊的情動、海の象徴体系をひとつに結びあわせた『サヴァンナ・ベイ』[7]や『エクリール――書くことの彼方へ』、そして子供時代のモチーフや現実でもあり幻想でもある近親相姦のモチーフを再度取りあげた『夏の雨』が含まれる。

これと並行して、この連作が生みだされるに到った状況は、ヤン・アンドレア――「非常に若いヤン・アンドレア・シュタイナー」――とマルグリット・デュラス――「本を書いていたこの女」[8]――の関係の根底にある情念の演劇に関わるものである。『アガタ』は、デュラスの創作活動において「大西洋連作」の始まりを告げるものであり、かつ、この時期の彼女の生のなかに定位する声の呪術的な力を基にした、ひとつの詩学を試みるものでもある。対話というよりはレチタティーヴォに近い『アガタ』のテクストのなかで響くのは、「他者に宛てられた声〔voix adressée〕」とでも呼ぶべきものである。そしてこの「声」は、ヤン・アンドレアに聞かせるため、作家が生成途上にあるエクリチュールを声に出して読みあげる実践から生まれたものであった。[9]「他者に宛てられた声」は『言われた本〔*Le Livre dit*〕』の未刊行草稿を出発点としてかつて提案した概念であるが、以下の論考では、それが意味するところを説明したい。『言われた本』の草稿は、一九八一年、ジャン・マスコロとジェローム・ボージュールが彼らのドキュメンタリー作品『デュラス、映画を撮る』[10]のために『アガタ』の撮影に関して行った著者インタビューに由来するものである。ついで第二に、大西洋連作における「他者に宛てられた声」の、とりわけ「幻の」象徴体系を紐解くことを目指す――これは、森本淳生によって企画された「幻前する声〔voix fantôme〕」をめぐるシンポジウムに触発された問題提起である。

大西洋連作におけるマルグリット・デュラスとヤン・アンドレア――分有される声

森本淳生が「序」で述べているように[11]、声の問題はマルグリット・デュラスのテクスト、映画、演劇について論じた一連の研究の中心的テーマであり、また作家本人もみずからのインスピレーションを「書かれた声〔voix écrite〕の聴取」と定義していた。「書かれた声としてページの上に現れるそのままのテクストを見つけることができなければ、私はやりなおします。私は『ナイト号』を四度やりなおしました。『トラック』と『オーレリア』では、すぐに声の辿るべき最初の道を見つけることができました。〔……〕声を出したときにどのように読むべきかは、最初〔作品を書き記すときに〕、ひとりで声を出さずに読み方が分かったときと同じように分かるのです。[12]」デュラス作品における声の変遷について、私はこれまでコミュニケーションの場や身体に関わるものに特化して研究を行ってきた。内的な声を自分ひとりで聴くことが初期数十年のインスピレーションだったとするなら、七〇年代には「主体デュラス[13]」、つまり、作者像が現れるようになり、デュラスの肉体と声が際立つかたちで作品を構成するようになる。

こうした観点からすると、ミシェル・ポルトによる映画『マルグリット・デュラスの世界』(一九七六)と、つづいてミニュイ社より一九七七年に出版されたその書籍版はきわめて重要である。ノーフルの家とトゥルヴィルのロッシュ・ノワールの館で撮影されたインタビューのなかで、デュラスは、みずからの創造行為と、自分がどういった人間であるか、そして自分がどういう風に生きてきたのかということの間の深いつながりについて意識している。「私がしていることと、私がどういう人間なのかということの間の間隙は、もう存在しないように感じます。私が見せるものと、私が言うことの間にもはやちがいはありません。[14]」ジル・フィリップが「パロールの本[15]〔livres de paroles〕」と呼ぶ作品群の重要性は、このように見ると理解できる。この作品群をなす数々のインタヴューで、作家は、特定の対話相手を越えて、すべての読者あるいは観客に向けて語っているが、こうした設定において、デュラスの声が持つ魅力は決定的であり、作家の逝去後、デュラスに捧げられたオマージュの多くは声に言及するものであった。作曲家であり、デュラスの短篇映像三作品にヴァイオリン奏者として参加したアミ・フラメルによると、デュラスの独特の声の音色はヴァイオリンの最低音を奏でる弦G線に対応しているのであり、そのため『船舶ナイト号』のスコアはG線に執拗に立ち戻るように書いたのだという。「音楽と、マルグリット・デュラスの声の間には、響きとテンポにおいて調和があり、それは聴衆に無意識のうちに影響を及ぼします。[16]」

しかし、一九八〇年秋に『アガタ』が書かれ、大西洋連作が開始されると、声の詩学は新たな次元に入る。こうした詩学を表すものとして「言われた本」の草稿が転写され刊行されたが、まさに、新たな声の詩学は「語られた〔parlé〕」ものではなく「言われた〔dit〕」もののなかに具体化している。デュラス自身、小説『愛人』の理想的な映画化作品となるべく書かれたテクスト『北の愛人』に言及する際、この区別について述べている。「〔これは〕『インディア・ソング』のような語られたのではなく、言われた映画、他のごまんとある映画とは異なる映画なのです。[17]」

マルグリット・デュラスがヤン・アンドレアと初めて言葉を交わしたのは——手紙を除いては——電話を通して、つまり声のみを媒介にしてであった。「そして七カ月後のある日、彼は私に電話をよこし、来てもよいかと尋ねた。夏のことだった。声を聞いただけで、私にはそれが狂気だということが分かった。[18]」若者がトゥルヴィルにやって来たことを語る文章でも、声は同様に特権的な位置を占めている。「そして、ドアがノックされ、声がつづいた。私です、ヤンです。〔……〕

私は扉を開けた。〔……〕するとそこには声があった。驚くほどの優しさをたたえた声。遠い声。堂々とした声。それはあなたの手紙の声であり、私の生の声〔celle de ma vie〕だった。私たちは何時間も話した。〔……〕十二年経ったいまでも、私にはあなたの声が聞こえる。声は私の身体のなかに流しこまれている。[19]」

ヤン・アンドレアはマルグリット・デュラスの作品に魅了され、デュラスに寄り添って生きることを決意した。デュラス作品への傾倒は、ヤンがデュラスのテクストを読みあげる際、声によってテクストを自分のものにする点によく表れている。それはデュラスを魅惑した。なぜなら、みずからのエクリチュールに対して意識的になれるからだ。「〔ヤンは〕私が『八〇年夏』を仕上げるのを見ていました。それは大変な、大変な仕事で、三、四ページを仕上げるのに、三日、四日とかかったの。その後でヤンは私のテクストを私に読んで聞かせたのです。驚きました。[20]」

二人の実生活上の関係は、デュラスの間断なき創造の源泉となったが、すぐさまデュラスの声の方が二人の関係を支配するようになる。ヤン・アンドレアがデュラスの元に来るやいなや、口述という儀式を介して、彼を中心としたある想像的なものが声として立ちあがり、ヤンは声の特権的な受け手となるのである。「今日あなたはすべてを投げ出し、今日あなたは書く。いつもそれは突然のことだ。それが起こるとき、僕には分かる。エクリチュールが僕の前に生じるのだ。あなたは声に出して言う。僕はすぐにキーを叩く。何秒間かが語と語の間を分かつ。書けた。〔……〕あなたは海を作り出す。海の色、黒い大西洋のイメージ、この言葉の圏域を。[21]」

絶対的情念にかたちを与える近親相姦という豊穣な象徴体系をみずからのうちに具現化する人物ヤンに対して、作家デュラスは、声によって、みずからの創造物を供物として捧げる。「他者に宛てられた声」の到来とともに、ひとつのテクストから別のテクストへ、ひとつの映画から別の映画へと、間断なく続くレチタティーヴォの詩的変調の響きが聞こえるようになるのである。他者に宛てられた声は、その最初の出現となる『アガタ』についてすでに示した通り[22]、レチタティーヴォとして現れるが、ここでいうレチタティーヴォは、語源的に言えば声に出して読むことを意味するラテン語の **recitare** が示す意味において用いられている。他者に宛てられた声は、「朗読者[23]〔**récitants**〕」と呼ばれる発話者たちが交わす対話のコミュニケーションを作りだしたりはしない。それ自体が「音楽と沈黙の間の[24]」発言であり、近親相姦という不可能な結びつきのメタファーであり、代替物なのだ。というのも、大西洋連作における声は、作品がひとつまたひとつと続いていくなか、声の力がこめられているさまざまな登場人物たちからは独立し、デュラスの書く声それ自体になるからである。

創造のプロセスにおいて朗読が重要性を持つのは、デュラスとヤン・アンドレアの共同生活当初から明らかである。一九八〇年の秋、『アガタ』を書く際、マルグリット・デュラスとヤン・アンドレアは「防音壁[25]」と題された手稿の一節を朗読し、テープレコーダーで録音した。『アガタ』は、ミニュイ社から刊行される以前の一九八一年一月末に、カーン劇場の劇作家であるダニエル・ベネアールの勧めで劇場を借りて行われた、マルグリット・デュラスとヤン・アンドレアによる公開朗読の題材ともなっている。そして同年三月には、『アガタ』――フランス語原題『アガタ、そして、いつまでもつづく読み〔*Agatha et les lectures illmités*〕』はきわめて示唆的なタイトルである――の撮影のため、デュラスはテクストを自分とヤン・アンドレアによってあらかじめ録音し、俳優のふたりに聞かせている。また、決定的な例として挙げられるのは、『八〇年夏』の子供と臨海学校の指導員のエピソードが、ヤン・アンドレアによって演劇に翻案されたことである(作家はこのエピソードのなかに自分と若者とに起こる出来事の予兆を見ていた)。その朗読はマルグリット・デュラスが担当し、録音は一九八一年六月に発表されている。(26)

さらにマルグリット・デュラスは、映画のあるシーンの撮影に関して、技師に対し、テクストの内容よりも、彼女がそれを朗読したらどうなるかということの方が重要であると述べてさえいる。「そう、でも、言うのは、読むのは、他のどのテクストでも構わない。『アガタ』を撮るのに、『ロル・V・シュタイン』を読んでもいいし、『ヒロシマ』でも『副領事』でもいい。結局は同じことなの。私が書いてきた数々のテクストの間には、本当の隔たりはないのだから。(27)」

マルグリット・デュラスの「言われた本」における幻の象徴体系

一九八一年三月、四日間に渡って行われた『アガタ』撮影の際、ジャン・マスコロとジェローム・ボージュールはマルグリット・デュラスをフィルムに収め、七、八時間の音声付き映像を撮りためた。一九八一年の秋にデュラスの映画と同時に公開された五十分のドキュメンタリー『デュラス、映画を撮る』は、このラッシュから取られたものである。[28] また、二十八ページの手稿が発見されたのは、デュラス全集に収録される『アガタ』の編集作業のため、ジャン・マスコロのアーカイブを調べている最中のことだった。手稿は「言われた本」の草稿」と題され、作家は「暗号解読」、つまり『デュラス、映画を撮る』のラッシュでみずからが語った言葉を書き起こすことを試みている。この手稿は二〇一四年にガリマール社から刊行された、『デュラス、映画を撮る』のラッシュすべての書き起こしと「言われた本」の草稿」の手稿を合わせたものの出版につながった。

『デュラス、映画を撮る』のラッシュでのマルグリット・デュラスの声は、二種類に分けられる。ひとつ目は五つのインタビューに関するものであり、近親相姦、女性、ホモセクシュアリティ、映画、本、死、母性愛、幸福などさまざまな主題が語られている。つねに側にいるヤン・アンドレアに特に向けられてはいるものの、発言は断定的であり、しばしばアフォリズムのかたちを取る。「近親相姦のなかには、欲望のすべてがある。」「すべての人の幸福は一人一人の幸福にはなりえない。」[29] ふたつ目は撮影中の四つの場面についてである。『アガタ』で録音された台詞のリズムに沿って、デュラスはカメラの前からビュル・オジエとヤン・アンドレアの動きに関する指示を出し、また、海、トゥルヴィルの海岸、ロッシュ・ノワールの館の「あの素晴らしいエントランス・ホール」といった作品に登場する場所を詳しく語りながら、『アガタ』のエクリチュールが生まれたときのことを再体験するのである。『言われた本』の序文で示した通り、アガタの兄の肉体と声を担うことになる人物〔ヤン・アンドレア〕に彼女が指示を与えるいくつかのシーンを見る者は、真に呪術的な場に立ち会うことになる。マルグリット・デュラスの声はあらゆる箇所で命令口調となって、この虚構作品を支配する作者として——「私がカメラなの、だから私を見て!」——、と同時に、この作品の登場人物として——「アガタは私なの」、「私は、アガタ」——振る舞うのである。この儀式が終わるとき、ヤン・ルメはヤン・アンドレアと名づけられたことで自分自身の存在を「奪われ〔ravi〕」、完全にデュラスのフィクション世界のなかに参加することになる。[30] 大西洋連作に見られる「他者に宛てられた声」の幻としての側面が最も明瞭に現れるのは、こうしたシーンにおいてである。

デュラスの創作は、過去の癒しがたい不在をそのまま留めながらも、それをふたたび生きたものにしたい、という矛盾した欲望によって特徴づけられる。「思うに、ひとはつねに世界の死骸について、そして、同じく、愛の死骸について書いているのです。作品が流れこむのは、不在の状態のなかにであって、生きられたものや、生きられたと思しきものの何ものをも代替することなく、作品によって残された砂漠を留めるためなのです。[31]」小説だけでなく映画や劇作においてもマルグリット・デュラスが主張する欠如の美学〔une esthétique du manque〕は、こうした理由から重視される。『デュラス、映画を撮る』において、彼女は次のように言っている。「ひとが何かを言うのは、欠如によってなのです。生きることの欠如、見ることの欠如。ひとが光と言うのは光の欠如によってであり、生きることの欠如によってひとは生と言い、欲望の欠如からひとは欲望と言い、愛の欠如からひとは愛といいます。これは絶対的な規則であると思います。〔……〕つまり、つねに同じ方法で、より少なく見せることで、より多く考えさせ、より多く聞かせる、ということです。[32]」幻が、イメージ、つまり想像上の、あるいは、消え去ったものの現れとして定義されるなら、デュラスの作品における他者に宛てられた声は確かに、還元不可能な現前／不在によってしるしづけられる幻前する声なのである。

こうした輪郭の定かではない想起のプロセスにおいて場所がきわめて重要な役割を果たすことは、作家自身がミシェル・ポルトに語っているとおりである。「記憶というものは私にとって、すべての場所に広がっているものです。[33]」また、ピエール・シェフェールに宛てた一九七二年の手紙で、デュラスはトゥルヴィルを「取り憑かれた」場所と形容している。「私がそこに見るのは、ひとつの根源的な、悲劇的な場所であり、すべては取り憑かれ、この場所をなすものはいたるところに広がっていくので、息が詰まりそうです。[34]」他にもこの語は、『マルグリット・デュラスの世界』で、トゥルヴィルの小説上の名称S・タラに関し、強調を伴って反復される。「ひとは自分の生きたものに取り憑かれています。それはどうしようもありません。ロル・V・シュタインはS・タラでの体験に、ダンスホールに、完全に取り憑かれた人物なのです。実体験、それは美しい言葉ではありません。しかし私には、他のどの語でもってこの語を代替できるのか分からないのです……。彼女は憑かれています。彼女自身がまるで、取り憑かれたひとつの場所であるかのように。[35]」

また興味深いのは、ヤン・アンドレアが『言われた本』のなかで一人の「放浪者」として描かれていることである。この「放浪者」という特徴により、ヤンと、流動的な存在であり住処の謎めく幽霊とは、類比しうるものとなる。「彼の名はヤン・ルメ。その後、彼はヤン・アンドレアと名づけられた。〔……〕それなら、もし私が彼と出会っていなかったら、この類の……――なんと言えばいいのかしら?――放浪者、この現代的放浪の虜となり、たちまち私の家に居着いてしまった男、ここに、私の家に、留まるために、仕事を、アパルトマンを、友人を放り出した男、彼に会っていなかったとしたら、〔……〕私はおそらく『アガタ』を書いていなかったでしょう。[36]」やがて読者は、ヤン・アンドレアのこうした幽霊的な側面を、『大西洋の男』にも見出すことになる。映画の大半を占める画面上の黒のイメージは、マルグリット・デュラスのヴォイス・オーヴァーの偏在性を際立たせる。「あなたたちのものはもはや何もない、画面を満たすこの流動的な、めぐりゆく不在のほかには。[37]」

若きヤン・アンドレアがトゥルヴィルに現れたことは、「幻〔fantôme〕」という語と同じく「現れる」、「見えるようにする」という意味のギリシア語語根を持つ言葉を用いるとすれば、まさしく顕現[38]〔épiphanie〕であった。そのとき、インドシナで過ごした幼少時代の幻が想像世界と混じりあって呼び覚まされることになる。すなわち、消え去った兄、灰色の目の少年、中国人の愛人などである。『デュラス、映画を撮る』でのインタヴューのおかげで、我々は例外的な「幻覚的[39]」瞬間、マルグリット・デュラスの声が創造の場につきまとう幻で満たれる瞬間に直に立ち会うことができる。アガタの兄を演じるヤン・アンドレアにデュラスが指示を出すシーンでは、ヤンはロッシュ・

ノワールのエントランス・ホールの肘掛椅子に座っている。作家は彼に言う。「話をするから、あなたは聴いて。」それに続いて語られる内容を通して、単数あるいは複数の一人称代名詞と二人称代名詞の間の戯れが、混乱をもたらす。ときにデュラスは、インドシナで過ごした幼少時代、兄に対して抱いた近親相姦的感情を、トゥルヴィルでヤンを介して蘇らせることによって、自分という実際の人間を指向する。「私たちが……自身を知るために行っていた方法、それと同じ方法で。それはここ、この海岸だった。ただそれは、遠く、遠く離れたところでもよかった。インドシナでも、ジャングルのなかでも、稲田でも、狩をしている時でも、滝を前にした兄妹であっても。」だがときにデュラスは、みずから作りだしたフィクションの登場人物にもなる。「私は、アガタ。いつもこんな風だった。私が生まれるさらに前から、あなたが生まれるさらに前から、アガタは存在した、あなたはそれを知っているかしら?」ときに言葉はどちらとも判別できない。現実にも、フィクションにも呼応しているからである。「あの夏、ある一時期、あなたと私の間に、好みのつながりがあった。」「あなたはすべてを覚えている、と私は思う〔……〕読んだものすべてを、私たちで世界中のものを読んだことを、私たちで、一緒に、あなたと私で。[40]」

「幻影肢〔membre fantôme〕」とは、切断手術を受けた人が、失った手足がいまだあり、いまだ生き続けているという感覚を持つことを指す。マルグリット・デュラスにとって「兄と妹は、ひとつの身体をふたつに分けられたようなもの[41]」である。このことを踏まえるなら、デュラスがヤン・アンドレアとともに見出した「他者に宛てられた声」とは、ディラスのうちの失われた部分それ自体が発する、幻前する声〔voix-fantôme〕と考えられるのではないだろうか？

【注】

（1）「ヤン・アンドレアに」と献辞のついた『八〇年夏』が一九八〇年一〇月に著されることで、この人物〔ヤン・アンドレア〕をもとにマルグリット・デュラスが作りあげた人物の名〔ヤン・アンドレア〕が初めて登場する。

（2）« J'ai vécu le réel comme un mythe », *Magazine littéraire*, n° 278, juin 1990, p. 18-24.〔「私は現実を神話のように生きたのです」（アリエット・アルメルとの対話）〕

（3）このテーマに関しては以下を参照されたい。Joëlle Pagès-Pindon, *Marguerite Duras. L'écriture illimitée*, Ellipses, 2012, p. 189-212.

（4）一九八一年の二月から三月にかけて撮られた映画であり、黒い画面のショットを含む、未使用におわった一連の映像が、同年七月、映画『大西洋の男』となる。

（5）以下を参照。J. Pagès-Pindon, Notice d'*Agatha*, *OC3*, p. 1775-1787.

（6）『八〇年夏』（一九八〇）、『アガタ』（一九八一）、『大西洋の男』（映画・一九八一／テクスト・一九八二）、『死の病』（一九八二）、『ノルマンディー海岸の娼婦』（一九八六）、『青い眼、黒い髪』（一九八六）、『エミリー・L』（一九八七）、『ヤン・アンドレア・シュタイナー』（一九九二）。

（7）直筆原稿が示すように、この戯曲は部分的にはデュラスがヤン・アンドレアに書き取らせたものである。デュラスの演出によるロンポワン劇場での上演には、「アシスタント」ヤン・アンドレアの影響が見られる。

（8）*Yann Andréa Steiner*, *OC4*, p. 18.

（9）以下を参照。J. Pagès-Pindon, « Genèse de la voix adressée dans *Agatha*. Du dialogue au récitatif », dans Mary Noonan et J. Pagès-Pindon, dir., *Marguerite Duras. Un théâtre de voix / A Theatre of Voices*, Leyde, Brill, 2018, p. 3-4.

（10）　以下を参照。Marguerite Duras, *Le Livre dit. Entretiens de "Duras filme"*, éd. J. Pagès-Pindon, Gallimard, « Cahiers de la NRF », 2014.

（11）　本書、一三一―一二一頁を参照。

（12）　« La solitude », *Les Yeux verts* (1980), *OC3*, p. 697.

（13）　この表現は、『デュラス、映画を撮る』についてのジェラール・クーランの言葉による。「ジャン・マスコロとジェローム・ボージュールは「主体デュラス〔*sujet* Duras〕」に熱中していた」（*Art Press*, n° 54, décembre 1981）。この点に関しては以下の拙稿も参照されたい。J. Pagès-Pindon, « Du subjectile au sujet Duras : "C'est moi Agatha" », dans Sylvie Loignon, dir., *Les Archives de Marguerite Duras*, Grenoble, ELLUG, 2012, p. 33-43.

（14）　「欲望は叩き売られ、台無しにされています。身体は解放され、虐殺されたのです、とマルグリット・デュラスは言った」（ミシェル・マンソーとの対話）。*Marie-Claire*, n° 297, mai 1977 p. 260-262.

（15）　マルグリット・デュラスのプレイヤード版『全集』は、デュラスが七〇年代に行った対話として、グザヴィエール・ゴーティエとの『語る女たち』（一九七四）、ミシェル・ポルトとの『マルグリット・デュラスの世界』、『トラックの対話』（一九七七）を挙げている。これに加えて、「マルグリット・デュラスがジェローム・ボージュールに語る」と副題のついた『愛と死、そして生活』（一九八七）、そして『エクリール――書くことの彼方へ』（一九九三）を挙げることもできる。後者は部分的にブノワ・ジャコとの撮影づきの対話から取られているが、対話としての体裁は作品においては破棄されている。

（16）　Ami Flammer, « Elle était musicienne », dans Bernard Alazet et Christiane Blot-Labarrère, dir., *Cahier de L'Herne Duras*, 2005, p. 290.

（17）　« Duras dans le parc à amants » (entretien avec Marianne Alphant), *Libération*, 13 juin 1991. 強調筆者。

（18）　« La voix du *Navire Night* », *La Vie matérielle*, *OC3*, p. 385-386.

（19）　*Yann Andréa Steiner*, *OC4*, p. 19-24. テクストが〔二人称単数敬称の〕人称代名詞「vous〔あなた〕」を通して

ヤン・アンドレアに宛てられていることを確認されたい。
（20） ジャクリーヌ・オーブナとの対話。*Alternatives théâtrales* (Bruxelles), n° 14, mars 1983, p. 15.
（21） Yann Andréa, *M.D.*, Minuit, 1983, p. 8 et 120.
（22） 次を参照。« Genèse de la voix adressée dans *Agatha*. Du dialogue au récitatif », *loc. cit*
（23） 『アガタ』のト書きでは、登場人物の兄妹に関して以下のように指示されている。「硬直、彼らは硬直している、目をつぶって、彼らの情動の白痴の朗読者となって」（*OC3*, p. 1123）。
（24） M. Duras à Michel Field, *Le Cercle de minuit*, France 2, 14 octobre 1993.
（25） 「防音壁〔la cloison sonore〕」は『アガタ』のタイトル候補のひとつでもあった（*OC3*, p. 1782）。読まれた部分は、ミニュイ社版のテクストの四三―六七頁（最終部分）に相当する。ジャン・マスコロのアーカイブには、一九八〇年一一月と日付の打たれたカセットが保存されている。
（26） *La Jeune Fille et l'enfant*, adaptation de *L'Été 80* par Yann Andréa, lue par Marguerite Duras, cassette, Des Femmes, juin 1981.
（27） *Le Livre dit*, p. 100-101.
（28） *Duras filme*, produit et réalisé par Jean Mascolo et Jérôme Beaujour, 1981. 現在では次のＤＶＤに収録されている。*Agatha et les lectures illimitées*, Benoît-Jacob Vidéo, 2009.
（29） *Le Livre dit*, respectivement p. 44 et 167.
（30） 次を参照。*Ibid.*, p. 26-27.
（31） *L'Été 80*, *OC3*, p. 836.
（32） *Le Livre dit*, p. 40-41.
（33） *Les Lieux de Marguerite Duras*, *OC3*, p. 239.
（34） M. Duras, « Lettre à Pierre Schaeffer » (12 octobre 1972), « Autour de *La Femme du Gange* », *OC2*, p. 1511.
（35） *Les Lieux de Marguerite Duras*, *OC3*, p. 241.

(36) *Le Livre dit*, p. 172. 強調筆者。

(37) *L'Homme atlantique*, *OC3*, p. 1162.

(38) 宗教的な意味で用いられる場合、ギリシア語で「隠されたものが目に見えて表れること」を意味する。以下を参照。J. Pagès-Pindon, *Marguerite Duras*, p. 191.

(39) 『アガタ』において、デュラスは「アガタの午睡」、「アガタの夏」が展開する場所を「幻覚の部屋〔chambre hallucinatoire〕」と名付けており、それは兄と妹の――現実あるいは幻想の――近親相姦的つながりを暗示する(*OC3*, p. 1137)。

(40) *Le Livre dit*, p. 139-140.

(41) M. Duras, *Les Inrockuptibles*, n° 21, février-mars 1990, p. 114.

デュラスは本当に声の作家だったのか？

ジル・フィリップ
（森本淳生訳）

はじめに

マルグリット・デュラスは優れて声の作家である――このことにはほとんど疑いの余地がないように思われる。彼女はくり返し語っている。「テクストは「外へと出て行く」必要がある。テクストは読みあげられる必要がある。声によって。(1)」デュラスの声が、フランス文学において最も有名で最も容易に聞き分けられるものであるという事実は、その第一の証拠となるだろうし、自分のテクストを映像化する際に、この作家がテクストを支える特権的な手段として、しばしばこの声を用いたという事実は、第二の証拠となるだろう。その結果、デュラスによれば、『愛人ラマン』の本当に満足のいく唯一の映画版は、具体的なものを写さずに、ただ自分による小説の朗読を録音したものである、と考えられるに到ったのだった。

また、これまですでに、大学の研究者たちは頻繁にデュラスにおける声の出現やその美学について考察を行ってきた。ジャーナリズムの批評においては、彼女の作品を扱う記事や番組のタイトルとして、この声という言葉が頻繁に用いられてきた。私はここで、デュラスにおいて声が重要であるという自明の事実を否定したいわけではない。むしろ、それを逆向きに捉え、言うならばその裏側について探ってみたい。そして、デュラスは結局のところ、声に対してしっくりとしないところがあったのではないか、声のなかの何かが彼女に違和感を与えていたのではないか考えてみたい。この問いに対して、ここではふたつの調査を行った上で答えることを試みよう。第一は数字にもとづく調査、第二は日付にもとづく調査である。

マルグリット・デュラスの小説における「声」という語

「あなたの本のなかでは、声というのが非常に重大な役を持っていますね。」一九七三年、グザヴィエール・ゴーティエはマルグリット・デュラスにこう語っている。(2) しかし、これは本当に正しいのか、事態はそれほど単純なのか。マルグリット・デュラスの作品における声の出現を説明するためには、最も直接的なデータから出発することができるだろう。すなわち、「声」という語そのものが彼女の小説のなかにどれくらい現れているかという問題である（ここで「声」という語は、便宜上の近似的な総称的カテゴリーとして用いられている)。さて、デュラスの最も重要な十二の物語を選ぶと、最初の結果は失望させるものである。四十四万語に対して出現は三二六回、この結果には注目すべき点は何もない。すなわち、千語に対して〇・七四回である。たがいに異質ではあるが、一九世紀と二〇世紀においてフランス文学の規範を代表するものであるふたつの小説に対して同様の計算を行っても、得られるのはほぼ同じ割合である。すなわち、ギュスターヴ・フロベールの『ボヴァリー夫人』は一八五七年に千語につき〇・八回を、アルベール・カミュの『異邦人』は一九四二年に〇・七回を示していた。

もちろん、こうした結果を受けて、より詳細な比較をする必要はあるだろう。『スワン家の方』や『夜の果てへの旅』における出現率はこれに比べて驚くほど低い。反対に、規範的な小説が千語に対して一回を越えることはきわめて稀である。しかしとりわけ、平均値にばかり注目しすぎると、彼女のいくつかの小説が〇・七五という期待される平均値よりも低い出現率を、また他のいくつかの小説がより高い出現率をはっきりと示している事実が見えなくなってしまう。たとえば、一九五三年の『タルキニアの小馬』は、デュラスの全作品における「声」という語の最も少ない出現率(千語につき〇・三回)を示している。これに対して、一九六九年の『破壊しに、と彼女は言う』は最も高い出現率を示す(千語につき一・六回)。

このふたつの例だけから判断すると、次のような仮説を立てたくなるかもしれない。これは直観的には満足のいくものである。つまり、作家が声というテーマに敏感になるにつれ、作品は徐々に声により大きな場所に与えることになった、という仮説である。『モデラート・カンタービレ』は、デュラスが望んでいたように、前期と後期の手法の転換点を画するものと一般に考えられているが、この一九五八年の作品はさらに、先ほど見た最小値と最大値のちょうど中間、すなわち千語につき〇・九五回という値を示していた。

しかし、より詳細に観察しコーパスを拡大すると、この見事な仮説はほとんど成立しない。一九四四年のデュラスの第二作『静かな生活』が「声」という語をほとんど用いていないのに対して（千語につき〇・四回）、前年に刊行された処女作の『あつかましき人々』はこの語を大量に用いている（千語につき一・三回）。四二年後の『青い眼、黒い髪』はより高い値（一・〇回）を示すが、つづく二作では割合は下がってしまう。一九八七年の『エミリー・L』は〇・六回、一九九二年の『ヤン・アンドレア・シュタイナー』は〇・八回である。われわれはこうしてふたたび、『ボヴァリー夫人』と『異邦人』の平均値に突如として連れ戻されてしまうのである。この値は、ほぼまったくデュラス的ではないフランソワ・モーリヤックの『テレーズ・デスケルー』（一九二八）、さらには最高値を示した『破壊しに、と彼女は言う』に先立つ小説に見られるものでもある。すなわち、一九六四年の『ロル・V・シュタインの歓喜』と一九六六年の『ラホールの副領事』はそれぞれ千語につき〇・八回と〇・七回であった。

したがって、「声」という語の出現密度によって、デュラスの作品や彼女のこのテーマに対する感性に関する時期区分を提示したり確証したりすることは不可能である。また、彼女の美学の変化について語ることもできない。『愛人 ラマン』は、『太平洋の防波堤』を根本的に異なる執筆原則によっていわば書きなおしたものだが、この二冊の書物における「声」という語の出現率はほとんど同じであり、しかも一九五〇年の小説の方が一九八四年のものよりもやや高いのである（前者が〇・六回に対して、後者が〇・五回）。

とはいえ、こうした数字をあまり真剣にとってはならないだろう。実際、数量的に似通っているからといっても、その背後には多くの言語学的、文学的な差異が存在しているのである。したがって、いま挙げた例の内実をまずはもう少し詳しくみる必要があろう。「声」という語は、『太平洋の防波堤』においてはばらばらに、『愛人 ラマン』においてはよりまとまって現れる（『愛人 ラマン』については、たとえば最後の頁について考えていただきたい）。さらに、この語を特徴づけるやり方はまったく異なる。一九五〇年の作品においてはかなり型どおりの形容がなされ（「確信に満ちた」、「臆病な」、「ゆっくりではっきりとした」、「うわずった」、「響きのない」、「うつろな」、「懇願するような」、「しっかりとした」、「めそめそした」、「疲れた」、「優しく小さな」、「はっきりとしているがしわがれた」、「かすれた」、「子供っぽい」、「小さく悲しげな」声……）、これに対して一九八四年の作品ではより内容豊かで凝った形容が行われている（「フェルトを付されたようにひっそりとし、内密で愛撫するような」声、「小さく、高音域ではいささか調子外れな声」、「翻訳されたかのような言語に吹き替えられた、気詰まりな声」[3]……）。

ほとんど同時期に書かれ似たような出現率を示す書物においても、詳細に眺めると重大な相違が現れてくる。一九六四年の『ロル・V・シュタインの歓喜』において、「声」という語はしばしば心理的な形容詞を付されており、その換喩的な作用によって登場人物の感情に接近することが可能になっている(「悲しい声」、「不安そうな声」、「安堵した声」……)。だが、こうした傾向は『ラホールの副領事』になるとほとんど明瞭ではなくなる。この作品では、形容語は声それ自体を描写したり判断したりし(「和らいだ」、「年老いた」、「うつろな」、「優しい」、「不実な」、「美しい」、「うわずった」、「ずるそうな」声……)、心理的な描写の口実となることがない。

これとは反対に、きわめて異なる出現率がかなり似通った機能を背後に隠していることもある。『モデラート・カンタービレ』の出現率は『タルキニアの小馬』の三倍であるが、この二作品のいずれにおいても、ほぼ半数が形容語を伴うことなく現れる。同じことは後期の小説群についても確認できる。そこでは「声」という語はきわめて多様な仕方で提示されているが、いずれの場合においてもほとんど特徴づけられずに現れ、特徴づけられるとしてもわずかなのである。それに、ここで観察される扱われ方のちがいは、「声」という語に限った話ではなく、各々のテクスト全体を拘束する文体上の選択に呼応したものである。たとえば、『ヤン・アンドレア・シュタイナー』は、文体的にきわめて野心的な文章がテクストのかぎりなく白い生地と強いコントラストをなしつつ突如として浮かびあがることで知られているが、こうした動きは「声」という語にも関わりうるものである。「あなたの声があった。信じられないほど優しく、よそよそしく、威嚇的で、ほとんど発せられず、またほとんどそれと分からぬような、つねにいくらか上の空で、自分が言っていることとは無関係な、分離されてしまった声。[4]」『青い眼、黒い髪』は反復の美学に基づいて展開され、この反復は変奏されることもされないこともあるが、ここでももちろん声は問題になる。小説の冒頭には「諸々の声はどこでも同じように軽く空虚である」とあり、この同じ形容がほとんど変えられることなく後にも現れる。[5]「声の優しさ」は三度問題となり、そして二度ほど、声は「とても小さく、こもっている」と言われ、同じく二度ほど「高くはっきりとしている」とされている、等々。『あつかましき人々』と『破壊しに、と彼女は言う』は、デュラス作品における「声」という語の最高の、しかもきわめて高い出現率を示しているが、その内実はまったく反対である。一九六九年の『破壊しに、と彼女は言う』においては、「声」は文の主語になることが多い。この言葉に形容語が付されることは稀であり、使われる形容詞は単色《モノクローム》あるいは無色である。『静かな生活』や『モデラート・カンタービレ』の場合と同じく、これらの形容詞はほとんどシステマティックに声の弱さに執着している（声は「優しい」、「ほとんど分からぬ」、「小さな」、「くすんだ」、「上の空の」、「憔悴した」、「うつろな」などとされる）。そのため、いくつかの例外は特に突出した印象を与えるのである（「生き生きとした、ほとんど突っ慳貪な」声、そして、「はっきりとした高く、空港の騒音のような声」も二度ほど現れる）。[6]これとは反対に、一九四三年の『あつかましき人々』では、声を特徴づける形容語は幅広く、その数は多く、多様で正確であり、普通は使われないものもある。リアリズム心理小説の手続きに従って、これらの形容詞は登場人物の感情を直接喚起することが多い。たとえば、声は「眠気で消え入りそう」だったり、「怖がらせないよう注意する」ものであったり、「ほとんど驚いていない」ものであったりする。他にも次のような例がある。「抑揚が変わることで、絶望と愛とが残酷に次々と入れ替わることを表現する、息も絶え絶えの声。」あるいは、「タヌラン夫人の声は〔……〕いささか軽蔑的で、そこには疲労というよりは、すべては駄目になってしまう、麦藁のように消えてしまうといったきわめて深い失望が現れていた」[7]。

したがって、驚くべきことではないのだが、辞書編纂者が採用する「声」のふたつの定義の間で、何かが一種の躊躇いのなかで揺らめき、決断できずにいるのである。声は一方では、単なる媒体、あるいは、分節された音を発する人間の能力である。他方で声は、その音色と抑揚により人物を特徴づけるものであり、それによって人物は音声的に特別な存在、あるいは、状況のなかで表現する人格となる。声に関するこのふたつの定義と概念の間で、デュラスは、つねにではないが、少なくとも頻繁に躊躇していたように思われる。そのため、テクストがはっきりと示していることを裏切らずには、〔声に関する〕一貫した発展のようなものを引き出すことは難しくなるのである。そうした発展図式は、デュラスの歩んだ軌跡を入念に準備されたもの、意識的ですらあるものとして極端なかたちで捉えようとする。しかし、そこに含まれる急激な変化や優柔不断、緊張、揺れを無視するとすれば誤りであろう。

たとえば、一九五二年の『ジブラルタルの水夫』において、声はまず本質的に音響的媒体として現れ、十七回（すなわち「声」という語の五十一の出現例のまさに三分の一）は「小さな声」という表現である[8]。一九六六年の『ラホールの副領事』では事態はほとんど正反対である。もはや「小さな声」という言い方はなく、副領事の「息の鳴る声［voix sifflante］」が七回言及される。声はここで、単なる音響的現象にとどまらずに、ひとりの個人を特徴づけ、彼の人格や歴史、その世界との関係の還元不可能な特異性を際立たせるものとなる。とはいえ、振り子は揺れることをやめない。一九七三年の『インディア・ソング』においては、ラホールのフランス副領事が登場するにも関わらず、この「息の鳴る声」に対する言及は影を潜めるのである。

マルグリット・デュラスの遅ればせの「使命」

このように考えてくると、こうした数字と実践の奇妙で一貫性を欠いた雑多な堆積からは、何も引き出すことができないように思われる。デュラスはある方向を、ついで反対の方向を試みる。そうだとすると、グザヴィエール・ゴーティエが「あなたの本のなかでは、声というのが非常に重大な役を持っていますね」と言ったのは本当に正しかったのかという疑念が生じてくる。

しかしながら、こうした観察が素っ気なく詳細にすぎるからといって、またそれが次のような単純でいささか失望させる結論に到るからといって、すぐに意気阻喪してしまうべきではない。結論とは次のようなものである。デュラスの小説において、声の出現と地位は作品ごとに異なるかたちで調整されている。声のテーマは頻出することもあるが、ほとんど現れないこともある。声はときには単なる音響的現実として、またときには表現を支える基体、人格的な特徴として考えられている。せいぜい言えることは次のことだろう。小説ごとに観察される数量的な変化や質的な変化はときにきわめて大きなものだが、それとは無関係に、ささやかな傾向は徐々に現れてくるのではないか。つまり、声は、特異な人格の印ないし署名、あるいは人物の感情を表現する基体と見なされることは段々と少なくなっていき、むしろその音響的物質性による媒体として考えられるようになっていく、という傾向である。

もちろん、マルグリット・デュラスの小説における声の問題のこうした不安定性は、語彙レベルだけで把握できるものではないだろう。この不安定性はとりわけ、ある緊張関係に由来するものであるにちがいない。つまり結局のところ、声をめぐる不安定性は、より一般的な不安定性のひとつの側面にすぎないのである。プレイヤード版『デュラス全集』第三巻の序文において、私はこのより一般的な不安定性を際立たせることを試みた。実際、デュラスには次のふたつの要請がある。一方で彼女は、きわめて個人的な体験と強烈な感情を過剰なまでに表現することに対して魅力を感じている。しかし他方では――世界と自己がそのように完全に現れ出ることは純粋に不可能であるから――中性的なもの、はかないもの、抑制された表現にも魅力を感じることになる。

ここまでの議論は細かい、おそらくはいささか細かすぎるものだったので、今度は大きく距離をとって考えてみたい。実際、よく知られているように、物語文学と声というカテゴリーとの関係は、マルグリット・デュラスが小説を書いていたまさにその時期に、著しく強化された。たとえば一般に次のような見解が認められている。すなわち、十九世紀末の「口頭」表現に対する感性は、とりわけ民衆の言語実践に対して関心を示すとともに、その語彙への気遣いは隠語辞典の発展のうちにも反映しているのだが、これは、ルイ＝フェルディナン・セリーヌの作品に代表されるような過渡期を経て、まったく異なる「音声的」時代へと到達した、というのである。

便宜上、この新しい時代の始まりを一九五〇年としておこう。もちろん、切れのいい時代区分は近似的なものでしかないことは承知の上である。この「音声的」時代の特徴としてはおそらく、文学的散文と話し言葉の関係が変化したことが挙げられるだろう。もはや「民衆的な」話し言葉だけが問題になるわけではないし、程度の差はあれ慣習的な一群の語彙や印——すなわち、（« Tu as raison »〔おまえは正しい〕のかわりに « T'as raison » というような）さまざまな語尾音消失、否定の ne や非人称の il の脱落等——に話し言葉が還元されることもない。かつて小説の散文と話し言葉の関係の中心にあった、特定の話し方や社会的方言を報告しようという意志はあまり（次いでまったく）存在しなくなる。この時期以降に望まれるようになったのは、一般的な音声的実践のリズムと効果を見つけること、テクストの背後に「ひとつの声を聞かせること」なのである。(9)

これこそ、ロラン・バルトが「声を出して読まれるエクリチュール」あるいは「音声的エクリチュール〔écriture vocale〕」と呼んだものである。その優れた例はサミュエル・ベケットのいくつかのテクストに見出される。

何も忘れていないな。これでいいだろう。もしかしたら男と女は同じ話にいれることにしよう。

男と女のちがいなんてほとんどないから。私の話す男と女という意味だ。もしかしたら話し終える時間がないかもしれない。あるいは、早く終わってしまうかも。またあのおなじみのアポリアか。でも、これってアポリアなのか、正真正銘の？　分からない。話し終えられなくても、たいしたことはない。もし早く終わってしまったら？　それもたいしたことじゃない。(10)

この「音声的文体」が参照するのはもはや民衆的な話し言葉ではなく、一般に話されているもの、社会階層や教育水準に関わらず人々が話している言葉である。「音声的」テクストは「書かれた」ものではなく、あたかも「語られた」ものであるかのように機能するのである。つまり、「ひとつの声を聞かせる」ために、文末の句点につづけて文言がつけ加えられ、先立つ言葉があらためて定式化ないし修正され、読点は極端に少なく、あるいは多くつけられることになる。「音声的」テクスト自体が、ためらい、後悔、不全感を眼前にくり広げてみせる。文法的拘束は緩和され、一見したところ混乱したような、統辞を欠いた一種の言葉の堆積が生み出される。

その結果、テクストは「計画された」ものではなく「自然発生的な」言説として与えられることになる。それはもはや、書かれたテクストの直線的な明確さを示すことはない。デュラスの一九八七年の作品『愛と死、そして生活』の次の短い見本が示すのは、まさにこの「音声的文体」である。「あっという間に、それ〔ce〕はなくなってしまった。みんなが集まる場所、踊ることよ。私の若かった頃のこと。女性について話しているのよ。(11)」このような文章では進行方向の「右へ向かって」言葉が紡がれる。代名詞「それ〔ce〕」が指すものは〔前方にはなく〕後方にしか存在しない(すなわち、「みんなが集まる場所、踊ること」、より正確に言えば、「みんなが集まる場所に行ったり、踊ったりする権利」である)。そして、話し手は、自分の発言が時代的にあまりに茫漠としており、誰が問題かもはっきりしないと意識すると、正確を期すためにふたつの表現を追加する。こうして、時代に関しては「私の若かった頃のこと」、誰が問題かについては「女性について話しているのよ」と限定が加えられるのである。

実際、私たちはまさにこのように喋っており、こうしたリズムは正当にも「声の効果」を生み出すことができる。それに、こうした文章展開のモデルが『愛と死、そして生活』でこれほど見事に証明されてしまうのは、ほとんど驚くべきことではない。というのも、この本は録音された対話を文字に起こしたものだからである。とはいえ、よく知られているように、デュラスは、こうした統辞の配置とリズムのなかに、彼女の小説的エクリチュールのイメージそのものを見出そうと望み、あるいは、見出したと信じた(彼女は序文でこのことに驚いてさえいる。この本は「小説とは別物だが、小説よりもその文体に近い」)。それは理想的な形式の文体とさえ考えられた。「私は本を一冊書いてみたい〔……〕いまこうしてあなたに話しているように。言葉が私から出ていくのをほとんど感じずに。」(12)

これは、デュラスが「流れゆくエクリチュール〔écriture courante〕」と呼びえたものの一種、『エミリー・L』が同じ年に描き出したものの一種と言われるかもしれない。『エミリー・L』には次のようにある。「それから彼女はまた始めていた。／それは一年続いた。／彼女は詩をいくつか書いた。十五。十五の詩篇を。[13]」この「切迫のエクリチュール〔écriture de l'urgence〕」は、デュラス自身も語っているように、『愛人ラマン』とともについに発見されたものであるようだ。「私には分かる。ドーと兄とはいつもこうした狂気に達することができた。私は無理。そんな狂気はまだ見たことがなかった。狂気に陥ることの出来る母を見たことも決してなかった。母はすでに狂っていたから。生まれながら。骨の髄まで。[14]」

そのうえ、ときにこの「音声的」散文のうちには、マルグリット・デュラスの「文体」の原型そのものすら見ることができる。こうした観察をすれば、デュラスの文体が普通の話し言葉の自然な流れに追随していることは明らかである。フランソワーズ・ガデの描くところによれば、この自然な話し言葉は次のような特性を表す。「一般の自然発生的な話し言葉は、完結しない構造、中断、くり返し、反復、切断、言い間違い、言いよどみ等々を示す。[15]」実際、こうした特性はまさしく『愛人ラマン』のエクリチュールのなかに見出されるものであろう。

私の人生の物語などというものは存在しない。そんなものは存在しない。物語をつくりあげるための中心など決してないのだ。道もないし、路線もない。ひろびろとした場所がいくつか、そこには誰かがいたと思わされているけれど、それはちがう、誰もいなかったのだ。私の青春のごく小さな部分の物語、私はそれをすでに多少とも書いたことがある、――多少ともというのはつまり、その物語をちらりと見当をつけることができる程度にという意味、そう、あの物語のことだ、河を横断していたときの物語。いまここで書いているのは、ちがう、同じようなことでもある。以前は、明るく澄んだ時期、陽光に照らされていた時期の話をした[16]。

ロラン・バルトが提案するイメージを用いるなら、声によって語られた言葉という装いのもと、書かれた文字はここで「口ごもる〔bredouiller〕」ようになるのだ。

〔話されてしまった〕言葉は取り消しがきかない。それが話し言葉の宿命である。言われてしまったことを言い直すことはできない。唯一できるのは、言葉を増やすことだけである。修正することは、ここでは奇妙なことに、つけ加えることである。話している私は、決して〔前言を〕消したり、抹消したり、取り消したりすることはできない。できるのはただ、「取り消します、抹消します、訂正します」と言うことだけ、要するに、話すことだけである。この言葉の追加によるきわめて奇妙な取り消しを、「口ごもること」と名づけることにしよう[17]。

ついに手応えのある結果が得られたと思われるかもしれない。デュラスの物語作品において「声」という語の出現や使用が不安定であることは問題ではない、彼女の文体は「音声化」されていったのだ、この作家はまさに書かれた文の展開のなかで「声を聞かせること」を選択したのだ、という結論である。すると、すべては簡単なことになってしまう。バルトの表現をふたたび用いるなら、この話し言葉の「宿命」を守ること、これこそデュラスの願いだったのであり、それが、『エミリー・L』の最後の一節が表明する書く技術を基礎づけるものだ、というわけである。

あなたにはこうも言った。修正なしに、必ずしも急がず、大急ぎではなく、自分に従って、いま自分が通過しつつある瞬間に忠実に――その瞬間の自分である――エクリチュールを外へむけて投げ出すこと、ほとんどそれを虐待すること、そう、虐待すること、何の役にも立たない全体から何ものも取りさらず、まるごと他のものと一緒にしておくこと、何も和らげようとはせず、速さも遅さもそのままに、すべてを現れ出た状態のままにしておくこと。(18)

声に対するある種の違和感?

しかしここでもまた、何かがうまくいかないのである。問題は今回は数字ではなく、日付の方である。デュラスはいわば遅ればせの「使命」のようなものを持っていた。彼女が「音声」へ本当に転向したのは、一九八〇年代のことでしかない。つまり、かなり晩年になってからのことである。もちろん、一九五〇年や六〇年代の小説のなかに、その痕跡が見つからないわけではない。しかし、それは、彼女と同時代を生きた他の作家たち(たとえば晩年のセリーヌや初期のパンゲなど)のように、熟慮の上のラディカルさをもってのことでは決してなかった。

先ほどは数字のせいで立ち往生してしまったのだが、今度は日付である。とはいえ、こうした時期的なギャップを踏まえた上で、とりあえず次のような仮説を立てることもできよう。つまり、おそらく声のなかには、何かデュラスに違和感を覚えさせるものがあり、それはたぶん身体なのではないか、という仮説である。実際、バルトによれば、「音声的エクリチュール」が求めているのは、「喉の「きめ」のようなもの、子音の色合い、母音の官能、肉体深奥の全音響――意味や言語《ランガージュ》の分節《アルティキュラシオン》ではなく身体と舌《ラング》による発音《アルティキュラシオン》――を聞き取ることができるようなテクスト」なのである。[19] バルトはこの点にくり返し言及している。とりわけ、一九七四年に『キャンゼーヌ・リテレール』誌に掲載された有名なテクストがそうである。

> このことは結局、言葉を文字に転写する際に引き起こされる最後の喪失に関わる。〔……〕言葉とは、呼びかけ、抑揚である――鳥のことを考えて、歌と言おうか？――それを通して、ある身体が別の身体を探し求めるのだ。〔……〕文字に転写されると、言葉は当然、宛て先を変え、そのため主体の方も変化してしまう。なぜなら、〈他者〉を持たぬ主体など存在しないからである。たしかに（身体なしには言語は存在しないから）身体はつねに現れてはいるが、しかし人物、ないしはもっと適切に言えば、人格と一致することをやめてしまうのである。[20]

バルトは、当時の文学が行った「音声的転回」は同時に「身体的転回」でもあったと考えているが、これが正しいのかどうか私には確信が持てない。たしかに何人かの作家については本当であろうが、この推論がうまくあてはまらない作家たちは数多くいるにちがいない。しかしいずれにせよ、この声の「身体性」は、とりわけマルグリット・デュラスを困惑させるものであったように私には思われる。

冒頭で述べたように、私はデュラスがすぐれて声の作家であるという考えを逆向きに捉えてみたいと考えていたが、ここに来て、デュラス研究で最も古くから確認されてきた事実にふたたび陥ってしまった。すなわち、デュラスにおいて、声は、辞書編纂者が「声」という語に与えるふたつの意味に従って、二重に脱身体化されている。実際、声はまず媒体として脱身体化されている。周知のように、言語は文字・心理・声という三つの形態によって現実化され、この声による実現は話す身体を含む。デュラスは他のどの作家にもまして、声と身体のつながりを断ち切ったのである。こうした切断の可能性こそ、映画が彼女を魅了した最大の理由でさえあったし、まちがいなく、彼女のなかで映画がついに演劇より優位になった理由のひとつでもあった。だから、デュラスが『ガンジスの女』について述べた次の言葉は、彼女の映画全体に当てはまるにちがいない。「でも、私が声について語るとき、それはつぶれた声、オフの声、何と言うのかしら……、女性の声ではないのよ。[21]」つまり、話す身体、目に見える身体から発せられるものとしての声はデュラスの関心の外にある。

この引用は『語る女たち』から借りてきたものである。これはデュラスが自分の美学について総括しえた最初のテクストであり、それはまさに、彼女の作品の転回点を画すると一般に認められる時期〔一九七三年〕のことだった。この本のなかで、デュラスの声に関する理論もまた、まさにしかるべき位置に現れている。グザヴィエール・ゴーティエとの短いやりとりだが、その最初の文は、議論を始めるにあたって私が用いたものであった。

ゴーティエ　あなたの本のなかでは、声というのが非常に重大な役を持っていますね。

デュラス　公共の声、誰にも宛てられていない声ね。本がどこにも向かわず、誰にも宛てられていないのと同じ。

ゴーティエ　しかも、声は誰かから発するものなのかしら？

デュラス　たぶん、ちがうでしょう。(22)

デュラスの映画において、身体と声の切断は数多くの形式で表現された。それがどのようなものであったかはよく知られている。たとえば、『ガンジスの女』のふたつの映画、「声の映画」と「映像の映画」。そして『破壊しに、と彼女は言う』や『インディア・ソング』では匿名の声。さらには、『インディア・ソング』のサウンドトラックを再利用し別の映像と組み合わせた『ヴェネチア時代の彼女の名前』や、『太平洋の男』の黒いスクリーン。一九八一年の『アガタ』では、映像としては女優の身体が映されるものの、彼女のものとして聞こえるのはデュラスの声である。「人からなぜビュル・オジエをキャスティングしたのに〔……〕彼女は何も言わず沈黙しているのかと訊かれた。思うにそれは、彼女を彼女の声から分離するため、彼女が画面に映っても、その声は私の引き受ける私の声となるためだっただろう。[23]」

デュラスの「音声的」作品と呼びうるもののなかで声の脱身体化がとる第二の様式は、辞書編纂者がこの語の第二の意味と考えるものに関わる。すなわち、ある個人の音響的な同一性と感情表現の基体としての声である。この論点もまたよく知られたものである。デュラスは、うつろで中性的な、表現的でなく無調な声の信奉者だった。テクストは語られる必要があり、「演じられて」はならない。彼女はさまざまに言葉を組み合わせてこの理想に言及している。「不可能で聞き取ることのできぬ声」、「沈黙した声」、「非現実的な声」、そして「書かれた声」というものすらある。[24]

この最後の表現がとくに私の関心を引く。というのも、これは「声」という語の第一の意味にふたたび私たちを導くからである。すなわち、言語の文字による実現と心理による実現というふたつの様式に対置される、音響的な媒体としての声である。ところで、デュラスは一方では声を書かれたものの方に向けて称揚する（「テクストが演じられてしまうと、作者からは最も離れてしまう。〔……〕オフの声、それはなお書かれたものの場である。」と彼女は言う[25]）。しかし他方では、心理的な語りの方に向けても声を称揚する（『トラック』においては朗読を演出することはありません、実際の朗読がなされるのであり、私が表現しようと試みるのは、書くときに私が聞くものなのです。つまり、私がいつも、内的朗読の声と呼んできたものです。」と彼女は言う[26]。そして、『緑の眼』は、このふたつを結びつけ、ひとつの理想的な語り方とするのである。「声を出して行う朗読は、あなたが最初にひとりで声を出さずに行う朗読と同じやり方で立ち現れる[27]。」映画の「音声的作品」を前にすると、今度は私たちの方が「声を出さない」存在となる。つまり、デュラスの映画には声に関する作業が到るところに見出されるが、それは何も表現しない声、誰からも発せられることのない声なのである。デュラスは声を欲したが、声が由来する身体の方は望まなかった。声は欲したが、声のうちに映る人格や情動は望まなかった。一九七〇年代全体を通じて、そして八〇年代初頭においてもなお、デュラスは自作の映画のなかで声についての仕事をつづけたが、それに伴う言説においては、声というカテゴリーの重要性を小さくしたり、抑えたり、あるいはそれに含みを持たせたりするよう気をつけていたのである。

このように絡まった種々の緊張関係を前にして、どのような結論を引き出すべきだろうか。第一の結論は一般的なもので、いわば挑戦のようなものとなろう。つまり、デュラスは優れて声の作家である、と言うのではあまりに単純であり、すでに見たように、グザヴィエール・ゴーティエが自明の事柄のように確認した「あなたの本のなかでは、声というのが非常に重大な役を持っていますね」という命題に対して、彼女自身は積極的には、おそらくはまったく、同意していなかったのである。それに全体として見れば、デュラスの小説群はこの問題に対して特別の関心を示してはいない。さらに、デュラスが最終的に「音声的な」作家になったことは、声が彼女に対して、その美学的計画に完全に適合した道具を提供したということを意味するわけではない。事態はまったく反対である。彼女は、自分が提起した種々の問題にも関わらず、声を一種の特権的な媒体としたのである。また、声に違和感を感じたからこそ――これ以外にも理由はあるが――彼女は演劇から映画へと移行したのだった。映画は声を脱身体化できるからである。そしておそらく――これ以外にも理由はあるが――映画において声に違和感を感じたからこそ、彼女はふたたび書かれた散文へと戻ったのである。

すでに見たように、デュラスが声に関心を寄せていたのは、とりわけ書かれたものを現実化する可能性としてであった。いわば文字という基体のないエクリチュールである。したがって、書かれたものの方にこそ、解決策、あるいはむしろ問題を見つけなければならない。「音声的作品」に移行した際、デュラスは書かれたものに対して何度も否定的な見解を表明した。それは人工的で固まった言語であることを余儀なくされているように彼女には思われたからである。「文章のせいで、もう小説などまったく読むことができません[28]」などとデュラスは述べている。一九八〇年代の初め、デュラスは書かれたものへと戻ってきたが、その理由は、声へと移行しても必ずしも十分に満足が得られなかったから、そしてまた、彼女はこの時期以降、文章からは解放された文学執筆の方法を用いることができるようになったからである。こうしてデュラスは、ベケットやパンゲ以来すでに真価を発揮していた「音声的エクリチュール」を、遅ればせながら、しかしラディカルに、採用することになる。彼女はそれを徹底化し、突如としてその代表的作家になった。というのも、人々は一九八〇年代のデュラスの書かれた音声性と一九七〇年代の口頭の音声性との問に一貫性を見てとったからである。こうした理解はおそらく間違っているが、ほとんど問題ではない。

デュラスは、その小説が示しているように、声の問題に対して一貫した関心を決して感じることのなかった作家であり、その映画が示しているように、声を、ただ最も凡庸ではない媒体として、便宜上用いることしかおそらくはしなかった作家でもあった。その彼女がこうして、私たちにとって代表的な声の作家となったわけである。しかし、パラドクスはそう思われるほどには大きくはない。デュラスはまちがいなく情動と感情に対して魅惑と嫌悪を感じていた。この魅惑と嫌悪は、情動と感情の特権的基体である声に対しても現れる。しかし、デュラスは自分の美学的問題に対して美学的解決をきちんと見出したのである。その問題とは、適切な媒体、つまり感情を表出すると同時に感情の不在、その終わり、その「廃棄」[29]をも表す媒体を見出すことだった。感情を、不在という様態において現前するものとして与える媒体である（感情は存在しうるかもしれないが、しかし実際には存在していない、というように）。この妥協的解決こそ、廃棄された声、私たちに対してもまた、不在という様態において現前するものとして、存在しない身体から発せられるものとして、与えられる声なのである。こうした聞こえはするが存在しない身体は、亡霊と呼ばれる。聞こえはするが存在しない声を、亡霊のように、幻のように「幻前」する声と呼ぶことにしよう。そしてこれこそ、パラドクスというよりは天才的なひらめきによる転回によって、デュラスがみずからの美学的問題に対して見出した解決なのである。

【注】

* 本稿のフランス語原題は « Une certaine gêne à l'égard de la voix ? » で、シンポジウムのおりには「声に対するある種の違和感?」という日本語に訳されて提示された。声に対してデュラスが感じた「違和感」が作家の歩みを密かに規定するものであることを示す優れたタイトルだが、日本語にするとやや分かりにくいのではないかと判断し、著者と相談のうえ本稿のようなタイトルに変更した。(訳者)

(1) Marguerite Duras, *La Couleurs des mots, Entretiens avec Dominique Noguez autour de huit films* (1984), Benoît Jacob, 2001, p. 195.

(2) *Les Parleuses* (1974), *OC3*, p. 11.〔『語る女たち』、田中倫郎訳、河出書房新社、一九九二年、一七―一八頁。〕

(3) *L'Amant* (1984), *OC3*, p. 1489, 1492, 1494. 膨大な注とならないよう、出典指示は最も興味深い事例にとどめる。

(4) *Yann Andréa Steiner* (1992), *OC4*, p. 783.

(5) *Les Yeux bleus cheveux noirs* (1986), *OC4*, p. 215, 256.

(6) *Détruire dit-elle* (1969), *OC2*, p. 1096, 1002, 1114.

(7) *Les Impudents*, *OC1*, p. 120, 91.

(8) 『ジブラルタルの水夫』(一九五二)における「声」という語の出現率は、千語につき〇・五回である。この値は、さきほど全作品における平均値を計算する際には考慮にいれなかった。一九五〇年代の三つの小説は、デュラスがその後に発表することになるものよりもずっと長いので、不当な重みを与えることになるからである。

(9) この問題は次の論考で簡潔にまとめられている。Gilles Philippe, « Langue littéraire et langue parlée », dans

G. Philippe & Julien Piat, dir., *La Langue littéraire. Une histoire de la prose en France de Gustave Flaubert à Claude Simon*, Fayard, 2009, p. 57-90.

(10) Samuel Beckett, *Malone meurt*, Minuit, 1951, p. 10.〔サミュエル・ベケット『マロウンは死ぬ』、高橋康也訳、白水社、一九九五年、九頁（ただし同書は英語版によるので、ここでは著者の引くフランス語版から訳出した）。〕

(11) *La Vie matérielle* (1987), *OC4*, p. 318.

(12) *Ibid.*, p. 307, 383.

(13) *Emily L.* (1987), *OC4*, p. 433.

(14) *L'Amant*, *OC3*, p. 1471.

(15) Françoise Gadet, « La langue française au XXᵉ siècle. L'émergence de l'oral », dans Jacques Chaurand, dir., *Nouvelle histoire de la langue française*, Seuil, 1999, p. 595.

(16) *L'Amant*, *OC3*, p. 1458.〔『愛人　ラマン』、清水徹訳、河出文庫、一九九二年、一四頁。〕

(17) Roland Barthes, « Le bruissement de la langue » (1975), *Œuvres complètes*, t. IV, Seuil, 2002, p. 800.

(18) *Emily L.*, *OC4*, p. 467.

(19) R. Barthes, *Le Plaisir du texte* (1973), *Œuvres complètes*, t. IV, p. 261.

(20) R. Barthes, « De la parole à l'écriture » (1974), *Le Grain de la voix*, Seuil, 1981, p. 6-7.

(21) *Les Parleuses*, *OC3*, p. 48.

(22) *Ibid.*, p. 11.〔前掲訳書、一七一一八頁。〕

(23) « Retake » (1981), repris dans *Le Monde extérieur*, *OC4*, p. 924.

(24) *Les Parleuses*, *OC3*, p. 119 ; « Seyrig-Hiss » (1976), repris dans *Outside* (1981), *OC3*, p. 1020 ; « Delphine Seyrig, inconnue célèbre » (1969), repris *ibid.*, p. 1024 ; *Les Yeux verts* (1980), *OC3*, p. 697.

(25) « La voie du gai désespoir » (1977), repris dans *Outside*, *OC3*, p. 998.

(26) *Ibidem*.

(27) *Les Yeux verts*, *OC3*, p. 697.

(28) « La destruction la parole », entretien avec Jean Narboni & Jacques Rivette, *Cahiers du cinéma*, n° 217, 1969, p. 45.

(29) 「感情の廃棄、そう、それこそ私が関心を寄せることです。」(« Marguerite Duras, *Le Ravissement de Lol V. Stein* » (1964), dans *Dits à la télévision. Entretiens avec Pierre Dumayet*, Atelier/EPEL, 1999, p. 19.)

跋――私、〈あなた〉、彼

ジル・フィリップ
（岩永大気訳）

マルグリット・デュラスは十年間を映画に費やし、その後本格的に執筆活動に復帰するが、このとき、文学と言語に対する人々の感性はすでに変化していた。一九八〇年という年は概して、芸術と言語科学における「発話の時代〔moment énonciatif〕」に入っていく境目とされている。これ以降、発話が興味の対象となるのは、発話が語る事柄によってではなく、それが語られるからである。発話を生み出す行為の痕跡が重要視されるようになったのである。そしてこの境目は、何かの始まりや絶頂期、長い年月をかけて発展していくある運動の終わりを意味するものでは決してない。その勝利は、突如として現実のものとなった。フランスでは、これを境に言語学は発話を探求するものに、文学はディスクールを目指すものになった。前者では、システムとしての言語よりもそれを生み出すコミュニケーションや相互作用に関心が払われるようになり、後者では、言葉《パロール》として与えら

れ、「私」をその参照項とするような諸形式をもとに作品が書かれることとなったのである。(1)

一九八〇年にマルグリット・デュラスが本格的に執筆活動に復帰したとき、彼女の文学と言語に対する感性もまた同様に変化していた。すでに十年あるいは二十年の間自身の散文をかたち作ってきた個人的なものに対する好みを、より先鋭化させたのである。しかしまたそれは、単純に、彼女が人々の傾向を引き継いだということでもあった。ほどなくして時代の大作家となったのだから、たしかに彼女はそれを他の作家にまさる才能で成し遂げた。「私」の作家、言葉《パロール》と声の作家となった彼女は、そのキャリアの最終点において、フランス文学の「発話の時代」を体現する存在となったのである。

ディスクールに向かうこうした道のりは、デュラスの映画関連の本に最初に見出すことができる。こうしたテクストの最初期のものはシナリオに似通っており、ここでの現在時は、時間のなかに定位されるものでもなければ、何らかの語り手の発言と重なるものでもない。そもそも語り手は、作者によってその全存在が否定されている。この現在は非主観的、非ディスクール的なものであり、カメラのそれである。(2)「くもり空。／大窓は閉じられている。／彼がいる食堂からは、庭園は見えない。(3)」一九八〇年を目前にして出版された『船舶ナイト号』（一九七九）に収録されたテクスト群では、こうしたやり方《プロトコル》は捨て去られていた。デュラスの新しい映画テクストは、シナリオの非人称性を退けるものとなっていたのだ。こうしたテクストにおいては、そもそもの初めから、誰かが誰かに対して喋っている。つまりテクストは、ディスクール性を持つものとなったのである。「ご覧になるべきよ、とあなたに言っておきましたね。／正午前後にアテネを包む沈黙はそれほどにも……」[4]

『廊下で座っているおとこ』のようなテクストが辿った変遷を見ると、局所的とはいえ、デュラス作品におけるこうしたディスクールへの生成変化〔devenir-discours〕がよりはっきりと見えてくる。このテクストは、その最初のヴァージョンが『ラルク』誌の一九六二年一〇月号に発表され、次いで改訂版が一九八〇年四月に小さな冊子としてミニュイ社から刊行された。一九六二年版においてデュラスは、非人称的語りと「非同期的〔asynchrone〕」現在を用いていた。非同期的現在というのは、テクストの発話の瞬間と対応しない現在形を使用することを意味し、こうした現在は多くの箇所で単純過去形と入れ換え可能である。「彼女をなおそのまま生かしておくという選択がもはやまったくできないと彼が理解したと思うとき〔現在〕、彼女は叫ぶ〔現在〕。／身体は長い、ゆっくりとした引きつりのなかでもがいた〔単純過去〕。／誰かが死の痛苦に叫んだ[5]〔単純過去〕。」一九八〇年版では単純過去が姿を消す一方、一人称が登場する。テクストは「私は見る」の三十余りのヴァリエーションにより分節化されるが、それによって現在は、ここでは「同期的」な特性を帯びる。すなわち、場景はそれが語られる瞬間に観察され、想像されるものとなるのである。物語は、ディスクールとなったのだ。「私は見る、女が動き、彼と彼女を隔てる三歩を今度は彼女が超えるのを。彼が逃げるそぶりを見せ、彼が肘掛椅子にふたたび倒れこむのを私はさらに見る。そうして私には、事実以上のことは何も見えなくなる。[6]」

『夏の夜の十時半』（一九六〇）から『愛』（一九七一）にかけて、デュラスは多く現在形の語りを用いてきた。しかし、やがて「発話の現在」と呼ばれることになるこうした同期的な現在形の使用は非常に稀であった。一九八〇年秋に出版された『八〇年夏』は、『廊下で座っているおとこ』以上にデュラスの文学への帰還をしるしづけるものであるが、この作品では最初の数行からすでに書く時と描かれる時が重なるように現在形が使われる。「こうして、いま私は『リベラシオン』のために書いている。書く主題は持っていない。しかしそれは必要ではないのかもしれない。たぶんまた雨について書くのだろうと思う。雨が降っている。六月一五日からずっと雨が降っている。[7]」「私」の表現はこれ以降作家の専売特許となるのだが、この特徴はフィクションのテクストにおいてさえ保たれる。さらに彼女の「オートフィクション」的なテクストは（一九七七年に現れたこの語は、批評言語においていまだ新品同様であった）、他にもまして、語り手と作家との混淆の上で戯れるものであった。選ばれた形式のちがいによって、『愛人』（一九八四）は、発話の時代が最盛期に達した時点で書き直された『太平洋の防波堤』（一九五〇）として読むことができるのである。『八〇年夏』に関して言えば、この作品にも『廊下で座っているおとこ』と同じような「私は見る」の三十余りのヴァリエーションが見られる（「私にはふたりがよく見える。透明なまなざしに満たされた子供の眼の灰色を、ふたりの湿った輝きを、ふたりの肉体を、私は見る、海の深く一様な灰色を、私は見る、ふたりの体のかたちを、雨が降る空間を、やがて降る雨に塗られた空間を、私は見る。[8]」）。その一方で、作品の終わりの部分では「他者に宛てられたディスクール」という新たな実践が開始され、それはこのテクストを閉じる最後の行までつづく。「あなたは私の近くにいる。あなたは言う。彼女は目を背けなかったと。バスは埠頭の向こうの大きな丘を降りていったと。バスは海岸沿いに走り去っていったと。潮が満ちると。夜になって少ししてから、彼女の身体は海岸から消えたはずであると。雨が降っていると。[9]」『八〇年夏』の読者は知りえなかったことであるが、第七節に登場する無名の対話者（一年前、私はあなたにオーレリア・シュタイナーの手紙を送った。私はあなたに、ここ、つまりメルボルンから、ヴァンクーヴァーから、パリから、手紙を書いた。[10]」）といま見た最後の数行に登場する人物とは、じつはまったく同じというわけではなかった。というのも最後の数行は、一九八〇年八月三〇日、ヤン・アンドレアが正式にマルグリット・デュラスの人生に入るようになってから書かれたからである。ヤンこそが、デュラスの『エミリー・L』（一九八七）や『ヤン・アンドレア・シュタイナー』（一九九二）といった「他者に宛てられた」諸作品のなかに登場する、リアルであるとともに虚構的でもあるあなたであったはずである。

本書でジョエル・パジェス＝パンドンがきわめて巧みに明らかにした点にここでもう一度触れるには及ばない。ただ簡単に確認しておきたいのは、あなたを用いた語りは、マルグリットの散文におけるディスクールへの生成変化によって取り入れられた形式のひとつであり、またそれは当時その頂点に達していた「発話の時代」に呼応するものであったということである。代表作のひとつ『死の病い』は一九八二年暮れに発表されたが、そこで用いられている二人称の語りは、今日でこそフランス語圏文学で多く見受けられるとはいえ[11]、当時は非常に珍しいものであった。最初の一文は、この作家の作品のなかでも最も有名なもののひとつであり、そしておそらく、最も美しいもののひとつでもある。「あなたはおそらく彼女を見知ってはいなかっただろうが、彼女をあちこちで一度に見出していたはずだ、ホテルで、道で、電車で、バーで、本のなかで、映画のなかで、あなた自身のうちに、きみ自身のうちに。自分の居場所を、そしてみずからを満たす涙を厄介払いする方法を求める、夜に屹立する性器の成り行きに任せて。[12]」

同じ一九八二年のまだ年が明けてまもない頃、『大西洋の男』が発表された。その数カ月前にデュラスは、同じ題名の映画『大西洋の男』の数シーンでテクストを読みあげている。そして、冒頭の台詞からすでに、画面にその姿を認めることができるあなた、つまり、ヤン・アンドレアに呼びかける。「カメラを見つめることはしないで。そう要求されたときを除いて。あなたは忘れる。／あなたは忘れる。／あなたであるということを忘れるのよ。[13]」こうした「他者に宛てられた」形式に対してデュラスが感じていた魅力は、ある資料をひも解くことでより明らかになる。発見が遅すぎたため、プレイヤード版『全集』に収録することができなかったこの資料は、マルグリット・デュラスの手による推敲が入った九葉の原稿からなる。推敲箇所は、とりわけテクストの最初と最後に多い[14]。以下が最初の数行である。

そうして、一度、~~あなたがいないので、~~私は書く。毎日、ときおりは日暮れに、ときおりは夜更けに、私は物語を書く、~~あなたと私の、この物語を、そして私が即座に嘘をつかれた男と呼~~

ぶ別の男とのもうひとつの物語を。この時期だ　その頃の何日かのことだ、あなたが叫び、大声を出す時期に入るのは。いつあなたが叫び始めたかをはっきりと言うことは難しい。あなたは自分が言うことすべてを叫ぶ。そもそもあなたが書いているその本はいったい何ですか。今度はいったい何ですか。今度はいったい何ですか……？　また本だ。私はあなたに言う。この本のなかで私は十八歳で、私は、私の欲望、私の体を愛する憎む男を愛するのだと。あなたは考え、あなたはたえず叫びながら私に提案する、言っておきますが、私は私のあなたのために二時間タイプできます、でもそれで終わりです、一分足りともオーバーしません。あなたは私が口述するのをタイプする。タイプが始まると、あなたは叫ばない。それが突如として始まるのはその後だ。あなたは私に向かって、すべてに向かって叫ぶ。あなたは、何かを求めているのだがそれが何か分からない男になる。あなたは求める、あなたの叫びの力のかぎり、だが何を、あなたにはそれが分からない。本に私は書く。彼は求める、しかし彼には何を求めているのか分からない。だから彼は自分が知らないのだと言うために叫ぶ、そして彼は知るためにも叫ぶ。あなたも同じく叫ぶ。その欠如があなたにとっては耐え難いものであるこの情報が、あなたが発する言葉の奔流の偶然のめぐりあわせによって、突如としてあなたから流れ出るようにしようとして[15]。

一枚目のページ上部に仮タイトルとして「『ヤン』あるいは『エクリール〔書く〕』」と記されて

はいるものの、ここで問題になっているのは、デュラスが『リベラシオン』紙一九八六年一一月一四日号に『ノルマンディー海岸の娼婦』と題して発表し、ついでミニュイ社より同年一二月に小冊子として発刊した作品の一ヴァージョンである。このふたつの資料にはしかし、ふたつの興味深い相違点がある。一方でタイプ原稿は、出版されたテクストに比べ大幅に抽象的である。というのも、同じトゥルヴィル地方が背景として使用されてはいるものの、タイプ原稿は、『死の病い』のベルリンの場景（出版されたテクストでは初めの三段落がそれに使われている）にも、「キールブフの挿話」（この時点では未完成である『エミリー・L』が始まる地点である）にも触れていないからである。他方、タイプ原稿はあるあなたに向けられているのに対し、出版されたテクストでは、ヤンは三人称で言及されている。

　このタイプ原稿が、『リベラシオン』に載った原稿より先に書かれたのか、あるいは書き直しなのかを言うことは難しい。というのも、出版されたテクストのいくつかの箇所がここでは削除され、他のいくつかの箇所は直筆の推敲によって新たに追加されているからだ。あるいはまた、ふたつのテクストが、より古いもうふたつのヴァージョンを書き直したものであるということも考えられる。つまり、印刷されたヴァリアントが、『青い眼、黒い髪』（『ノルマンディー海岸の娼婦』はこの作品の準備期間のことを語っている）の出版をきっかけとして日刊紙の求めに応じるために採用され、一方「『ヤン』あるいは『エクリール』」は別の地平、たとえば、断片的なテクストの集成のなかに組みこまれるよう準備された、ということもありうる。[16] いずれにせよ、デュラスが彼とあなたの間を幾度も行き来しているのを見ることは興味深い。『青い眼、黒い髪』はある意味で『死の病い』の彼を用いたヴァージョンであり、『ヤン・アンドレア・シュタイナー』はある意味で『八〇年夏』のあなたを用いたヴァージョンなのである。こうした行き来はときに、より局所的なかたちで作家の草稿のなかに観察されるのだが、現代出版資料研究所〔l'Institut Mémoires de l'édition contemporaine〕に保存されている資料のなかには、あなたを用いた『廊下で座っているおとこ』のヴァージョンさえ存在する。(17)

こうした、他者に宛てられたテクストとそうでないテクストとの行き来、または──『エミリー・L』におけるように──私／あなたの現在に基づくディスクールの次元と物語の次元（若きイギリス人女性の物語は、ときおり単純過去で語られているとはいえ、往々にして半過去および大過去で語られている）との行き来、あるいはまた──『愛人』におけるように──少女を一人称で描くことと三人称で描くことの間の行き来は、一九八〇年前後におけるデュラスが抱いていた発話のヴァリエーションに対する関心を、さらに証立てるものとなっている。

こうした地点に到る運動が、作家のこれ以前の作品にすでに萌していたと言ってもまちがいとはみなされないだろう。そして同様に──我々がすでに最初から述べていたことだが──こうした移行は彼女特有のものでなく、時代のものであるということも。ただ、この運動は彼女において稀に見る豊かさを示すのであって、それは、彼女がこれを「音声的」シンタクスと組み合わせて用いはじめたからである。(18)とはいえこの変化は、デュラスが、自身の作品を充実した現実に定位させようと望んだ、あるいは、彼女が亡霊的形式を放棄した、といったことを意味するものではない。そもそも、条件法を用いた語りは『トラック』以降、彼女を惹きつけていたのであり、『廊下で座っているおとこ』の新しいヴァージョンにおいてはより一層それが際立つのである。「外に向かって開かれたドアに面した廊下の影のなかに、男は座っていたのかもしれなかった〔条件法過去〕。／彼は砂利道の上、彼から数メートルのところに横たわっている一人の女を見つめる〔直説法現在〕。」デュラスの晩年の作品における私とあなたは、無論、作家とヤン・アンドレアを指しているのであるが、それらはまた同時に幾分、彼と彼女のように、そして一九七一年の『愛』[19]、あるいは一九五四年の『木立ちの中の日々』所収の短編「工事現場」にすでに見られる男と女のように働く、空虚な固有名詞でもある。だが、これらのテクストは、誰かによって言われたものではなかった。そこに声はなかったのである。『『ヤン』あるいは『エクリール』』において、そしてより広くデュラスの晩年の作品において、登場人物は声となり、また同時に彼らは亡霊でもありつづけた。彼らは幻前する声〔voix fantômes〕となったのである。

［注］

（1）　一九八〇年という年は、カトリーヌ・ケルブラ＝オレッキオーニが『発話行為――言語における主観性について』〔*L'Énonciation : de la subjectivité dans le langage*, Armand Colin〕を著した年であり、これは後のフランス言語学において中心となるこの概念〔発話（l'énonciation）〕について書かれた最初のマニュアルである。『現在時の文学』〔*La Littérature au présent*, Bordas, 2005〕においてドミニク・ヴィアールとブリュノ・ヴェルシエは、一九八〇年以降一挙に「私」の文学が前例のない仕方で到来したことを強調している。この問題の更に広い展望に関しては、次の近刊の拙稿を参照されたい。G. Philippe, « 1980 : l'année zéro du " moment énonciatif " ? », *Études de lettres*, n° 312, 2020.

（2） 次を参照。Marguerite Duras, « La destruction la parole », entretien avec Jean Narboni & Jacques Rivette, *Cahiers du cinéma*, n° 217, novembre 1969, p. 47-48.

（3） *Détruire dit-elle* (1969), *OC2*, p. 1095.

（4） *Le Navire Night* (1979), *OC3*, p. 455.

（5） « L'Homme assis dans le couloir » (1962), *OC3*, p. 634.

（6） *L'Homme assis dans le couloir* (1980), *OC3*, p. 626.

（7） *L'Été 80* (1980), *OC3*, p. 809.

（8） *Ibid.*, p. 848.

（9） *Ibid.*, p. 853.

（10） *Ibid.*, p. 834.

（11） 次を参照。Daniel Seixas Oliveira, « Le récit écrit à la deuxième personne : un dispositif discursif invraisemblable ? », dans Isabelle Boisclair & Karine Rosso, dir., *Interpellation(s). Enjeux de l'écriture au "tu"*, Montréal, Nota bene, 2018, p. 27.

（12） *La Maladie de la mort* (1982), *OC3*, p. 1255.

（13） *L'Homme atlantique* (1982), *OC3*, p. 1159.

（14） 資料のオリジナルが現在どこにあるのかは特定できないが、クリスティアーヌ・ブロ＝ラバレールによりコピーを入手することができた。篤く感謝したい。

（15） 資料の最初のページを単純化して書き写したもの。ページの上部は C. Blot-Labarrère, *Album Marguerite*

Duras, Gallimard, « Bibliothèque de la Pléiade », 2014, p. 198 に写されている。自筆による訂正箇所は傍点で示す。おそらく鉛筆で書かれ、ときおり線で消されている、余白に書かれたいくつかのしるし、いくつかの補足的な訂正は取りあげなかった。草稿には縦に二重線が引かれているが、これはデュラスが「あなたは私に向かって、すべてに向かって叫ぶ」以前の数行を消そうと考えたことをうかがわせる。

(16) 次を参照。Joëlle Pagès-Pindon, Notice de *Le Monde extérieur* (1993), *OC4*, p. 1476.

(17) 現代出版資料研究所の分類記号 DRS 19.3 に保存されているこの二十三葉のタイプ原稿は、「切り返しカット〔Contrechamp〕」とタイトルが付けられ、「マルグリット・デュラスの『廊下で座っているおとこ』の再構成」とサブタイトルがつけられている。このタイプ原稿はデュラスに送られてきたものである可能性が高い。というのも、作家の文体とはかなりかけ離れているからである。このテクストの作者は明らかになっていないが、いくつかの手書きのしるしによりデュラスがそれを読んだということが伺える。

(18) 本書、一九五—二〇二頁を参照。

(19) フロランス・ド・シャロンジュが言うように、『愛』のなかで語り手を指す私たちが登場するのは、したがって、驚くべきことである。次を参照。*OC2*, p. 1272 et note 4 (p. 1834).

編者・執筆者・翻訳者について――

森本淳生（もりもとあつお）一九七〇年、東京都生まれ。京都大学人文科学研究所准教授。専攻、フランス文学。著書に、『小林秀雄の論理』（人文書院、二〇〇二年）、編著に、『〈生表象〉の近代』（水声社、二〇一五年）、訳書に、W・マルクス『オイディプスの墓』（水声社、二〇一九年）などがある。

ジル・フィリップ（Gilles Philippe）一九六六年、ランニオン生まれ。ローザンヌ大学教授。専攻、フランス文学・文体論。著書に、*Le Rêve du style parfait*（PUF, 2013）、校訂本に、*Œuvres complètes* de Marguerite Duras, 4 tomes（Gallimard, « Bibliothèque de la Pléiade », 2011 et 2014）などがある。

＊

立木康介（ついきこうすけ）一九六八年、神奈川県生まれ。京都大学人文科学研究所准教授。専攻、精神分析学。著書に、『狂気の愛、狂女への愛、狂気のなかの愛』（水声社、二〇一六年）、『露出せよ、と現代文明は言う』（河出書房新社、二〇一三年）などがある。

関 未玲（せきみれい）一九七二年、東京都生まれ。愛知大学准教授。専攻、フランス文学。共著に、*Marguerite Duras à la croisée des arts*（Éditions Peter Lang, 2019）, *Orient(s) de Marguerite Duras*（Rodopi, 2014）などがある。

橋本知子（はしもとともこ）京都女子大学非常勤講師。専攻、フランス文学。論文に、*L'image hallucinatoire, enjeu médical et littéraire*（『仏文研究』、二〇一九年）、*Violon, voix et "orgie d'imagination". L'évocation sonore chez Sand et Flaubert*（『仏文研究』、二〇一八年）などがある。

澤田 直（さわだなお）一九五九年、東京都生まれ。立教大学教授。専攻、フランス現代思想。著書に、『サルトルのプリズム』（法政大学出版局、二〇一九年）、編著に、『異貌のパリ 1919-1939』（水声社、二〇一七年）、訳書に、『フェルナンド・ペソア『新編 不穏の書、断章』（平凡社ライブラリー、二〇一三年）などがある。

ジョエル・パジェス＝パンドン（Joëlle Pagès-Pindon）一九五二年、ムーラン生まれ。グラン・ゼコール準備学級教授資格保持者（古典語担当）。マルグリット・デュラス協会副会長。著書に、*Marguerite Duras. L'écriture illimitée*（Ellipses, 2012）、校訂本に、*Œuvres complètes* de Marguerite Duras, t. III et t. IV（Gallimard, « Bibliothèque de la Pléiade », 2014）などがある。

＊

岩永大気（いわながたいき）一九八八年、京都府生まれ。パリ第八大学博士課程在籍。専攻、現代フランス文学。論文に、「カフカを通してベケットを読む――一九四六年の短編群におけるエクリチュールの実践」（『仏文研究』、二〇一七年）などがある。

装幀——山崎登

マルグリット・デュラス　〈声〉の幻前――小説・映画・戯曲

二〇二〇年二月二〇日第一版第一刷印刷　二〇二〇年三月一〇日第一版第一刷発行

編者――森本淳生／ジル・フィリップ

発行者――鈴木宏

発行所――株式会社水声社

東京都文京区小石川二―七―五　郵便番号一一二―〇〇〇二
電話〇三―三八一八―六〇四〇　FAX〇三―三八一八―二四三七
［**編集部**］横浜市港北区新吉田東一―七七―一七　郵便番号二二三―〇〇五八
電話〇四五―七一七―五三五六　FAX〇四五―七一七―五三五七
郵便振替〇〇一八〇―四―六五四一〇〇
URL : http://www.suiseisha.net

印刷・製本――モリモト印刷

ISBN978-4-8010-0474-0